曼谷的雪人

Snowman of Bangkok

纪淑琴 / 作品

当代世界出版社
THE CONTEMPORARY WORLD PRESS

图书在版编目（CIP）数据

曼谷的雪人 / 纪淑琴著. —北京：当代世界出版社，2017.4
ISBN 978-7-5090-1196-6

Ⅰ.①曼… Ⅱ.①纪… Ⅲ.①中国文学－当代文学－作品综合集 Ⅳ.①I217.2

中国版本图书馆CIP数据核字（2017）第069675号

书　　名：	曼谷的雪人
出版发行：	当代世界出版社
地　　址：	北京市复兴路4号（100860）
网　　址：	http://www.worldpress.org.cn
编务电话：	（010）83908456
发行电话：	（010）83908409
	（010）83908455
	（010）83908377
	（010）83908423（邮购）
	（010）83908410（传真）
经　　销：	全国新华书店
印　　刷：	北京天宇万达印刷有限公司
开　　本：	880毫米×1230毫米　1/32
印　　张：	7.5
字　　数：	162千字
版　　次：	2017年4月第1版
印　　次：	2017年4月第1次
书　　号：	ISBN 978-7-5090-1196-6
定　　价：	39.00元

如发现印装质量问题，请与承印厂联系调换。
版权所有，翻印必究；未经许可，不得转载！

另一种活法儿（代序）

说来，真有点始料未及，拿到《曼谷的雪人》的书稿，先是手上一沉，继而心头一颤。阅书无数，今朝这本却最是意义非凡。母亲有些赧色，喃喃道："付梓之际，你给写个序吧！"语罢，竟有了些小女生的腼腆。突然，有种热泪盈眶的冲动奔赴心头。画面依稀回到三十年前。

幼年，我因身体有恙，动辄缠绵病榻。母亲为此肝肠寸断，美好的眼角早早爬满线条，寻遍天下神医，只为她的小女能享有常人的生活与快乐。尽管代劳所有体肤之累，母亲却从不肯放松构筑我的精神世界。尤对文字方面的素养更是情有独钟，不仅鼓励我博览群书，更要笔耕不辍。母亲后来坦言：孩子身体不好，以后恐难有婚姻，因此更要自立，女孩子会个抄抄写写，至少能养活自己。她尽力帮病女塑造一种最优的活法。现在听来，这话既凄凉又不免令人发笑。彼时，身为通讯科技方面工程师的母亲恐怕亦想不到，我们现在面对的是一个多么五光十色的高科技时代，电脑大有取代人脑之势，而所谓"抄抄写写"早已做不到养家糊口、维持生计。所幸，她的女儿没有辜负母亲的一番苦心，不仅有了幸福的三口之家，还经营着自己热爱的文字事业，一如母亲心之所向。如今，反受母亲之托为其处女作作序，怎能不百感交集？突然感到，母女二人就是一对双生花，彼此滋养，彼此反哺，彼此争奇斗艳，成就了一个共同向往的文字花园。

记得看过香港作词人周耀辉的一个随笔本子《突然十年便过去》，其中最感动的一段是：编辑嘱他为书作序，想了想，竟发觉"我妈，可能就是我的序"，于是，"我决定书写，证实她的大半生没有白过。"我也觉得，母亲也是我的序，没有她，亦没有今天的我。于我，她的付出早已超出一本史诗的体量，而她今天却像个小姑娘般不好意思捧着她的文字，嘱我为她作序，而我能写些什么？感觉写什么都不足以表达我复杂的心情。思忖多时，觉得此刻唯有祝福与鼓励方可令她体会到作为一个创作人的欣慰和幸福。在她的文字耕耘中，我看到母亲再次成为一个好学灵动的女学生，每每得到肯定或赞赏，便掩饰不住地神采飞扬、欢天喜地，盎然的生机和花甲的身形叠合到一起，产生了一种奇妙的化学反应，像雪中开出了一朵娇艳的莲花。

　　很庆幸母亲在晚年幸遇文字，其作品距离真正的大家文学尚任重而道远，也许永远无法企及，但她乐在其中，在笔耕不息中享受着青春与活力的再次临幸，何等快意！没有广场舞、没有麻将桌、没有家长里短、没有苦口婆心、没有心安理得变成一个颐养天年、知足常乐的老太太……三十年前，她为多病之身的爱女谋求了一条生存之道，而今，母亲为我又示范了一个女人行至暮年的另一种活法儿——于舞文弄墨的世界中活色生香，将自己又生了一遍。

　　而这，精彩极了。

　　是为序。

2017 年于春寒料峭时
女儿　敬上

目录

浮世。

曼谷的雪人　002

孤雁　009

彩霞的爱情　012

替补新娘　015

佛理　018

水云　020

冰凌花　023

欠你一句"抱歉"　032

钱教授家的保姆　055

灰色母子　057

足迹。

山西王家大院：一次拨动心弦的文化巡礼　062

吴哥：夕阳尽醉时，她在丛中笑　068

瓦城：再贫瘠的土地也会开出难以置信的花朵　074

蒲甘塔林：失去，本身就是一种获得　077

茵莱湖：万事万物，不完美才美　080

老挝：一程山路一程歌　084

万象：檀木之堡　越变越好　088

琅勃拉邦：原生态的怅然若失　095

浅墨。

天之骄子　102

天涯赤子心　106

永远在一起　111

新中国的保尔·柯察金　116

味到深处　119

佛的使者　123

命运方程式　128

心光。

忆母八则：我心中的太阳　134

冬日里的白鹭公园　157

最幸福的日子　161

最后一站　165

佛国幽思录　168

后天女人　173

绽放的余晖　178

僧人与俗人　183

可爱的泰国学生　188

秀儿　191

蒲公英　194

妖异之美　198

神奇的饺子　201

谈"美"三则　204

火针仙子　211

虚拟与现实　219

爱你，我的精神家园　223

跋　229

浮世

曼谷的雪人

曼谷人喜欢夜生活，都九点多了，路上的车仍不见少，我只能顺着车流蹒跚行驶,耐心地等待导航系统发出下一条指令。在这陌生的路上，我完全依靠导航系统的指引，也需要系统发出的清脆女声陪伴，尽管听到的都是"靠左、向右、直行"等简单词汇，仍感到非常亲切，因为那是母语，中文！

车继续缓慢行驶。手机响了，是夏建国，问我走到哪儿了。显然，他担心我走丢了。他的声音还是那么浑厚有力，带着哥哥的口气。四十一年了，做梦也没有想到还能见到他，而且是在异国他乡；更没有想到他的女儿竟是我的泰国学生，实在传奇。

四十五年前，我和夏建国是黑龙江生产建设兵团的战友，他的女朋友，雅晴，和我一个班。她是北京六八届高中生，秀外慧中，有一股从里到外的贵气。尽管当时盛行铁姑娘，但我还是发现很多男生不时地把爱慕的眼光投向雅晴。我很崇拜她，每天下地干活总愿意跟在她后面，觉得听她说话，就是一种学习。我恨自己是"小六九"（一九六九年初中毕业生），除了会背几条毛主席语录，脑子里一片空白，连跟她搭腔的能力都没有。可雅晴并没嫌弃我，对我像小妹妹一样，常常给我讲历史故事，解读李白、杜甫、白居易的诗，让我如醉如痴。可以说，她是我文学上的启蒙老师。出于感激，我帮雅晴打饭、打洗澡水，偷偷地帮她洗衣服。她接受了我，并把我当成知己。

后来，我成了她和夏建国的交通员。

夏建国和雅晴是同班同学，连里公认的才子，能写会画，一手好字，会议室和食堂贴的那些毛主席诗词或语录都是他写的，字体爽利挺拔，既有欧体的隽秀，又有柳体的刚劲，是连里知青临摹练字的挚爱。记得每次开大会，知青们都闷头不语，连长在上面讲他的，大家在台下临摹自己的。我的笔记本里到处都是模仿夏氏书法的痕迹。后来，我通过雅晴得到一张他写的硬笔书法，毛主席的《念奴娇·雪》，保存至今。由于我和雅晴的关系，夏建国对我格外热情，而且总是用哥哥的口吻对我讲话。

刚到兵团那一年正赶上涝灾，小镰刀战胜机械化的会战让我们这些十六七岁的小战士累得死去活来。那年冬天，我们吃的全是发霉的麦子和无法脱粒的玉米磨成的面粉，真是苦极了。可是有雅晴和夏建国，我感到很充实，很快乐。令我不解的是，这么有才气的两个人却一直在农工排当战士，很多人陆陆续续地调到团部机关当参谋干事了，可他们连当文书的机会都没有，甚至武装排战士也没他们的份儿。在我被调到武装排当班长的时候，我忍不住去问指导员，这是为什么？指导员无奈地看着我，让我不要多管闲事。

后来，从雅晴那里了解到他们俩的出身都是"黑五类"，夏建国的父亲历史不清，爷爷在海外，两个叔叔在台湾；雅晴是爱新觉罗家族的后裔，老祖宗是清朝的帝王。这个消息对我的打击太大了，没想到我最崇拜的两个人，家庭出身竟然如此复杂，特别是有海外关系，这在当时就意味着是"特嫌"（即特务嫌疑）！我心乱如麻，陷入深深的痛苦之中，不知道还能不能把他们视为良师益友？

　　我和雅晴开始疏远，她也有意识地躲着我，加之武装排的训练很紧，我们很少见面。一天我们在食堂碰见了，明显地感到她脸色憔悴，情绪低落，估计她的内心一定比我还难受。我开始暗暗地骂自己，当初为人家打洗澡水的那个"小六九"哪儿去了，我怎么可以这么势利？难道就是怕连累自己吗？一个小得不能再小的小白丁，我到底怕什么？怕落个同流合污的罪名，还是怕当不了武装战士……那一晚，我辗转反侧，无法入眠，怎么也想不明白夏建国和特务能有什么关联。至于雅晴，更觉得冤枉，祖宗八辈的事和她有什么关系？！我决定做回原来的自己，并决定这个周末约雅晴去凤翔逛书店，跟她好好说说心里话：她永远是我的姐姐和老师。没想到这竟成了我的终生遗憾。

　　第二天，永远也忘不了的日子，1973年4月5日，农历三月初三，清明节。雅晴在扑灭山火的战斗中牺牲了。她没有给我和她交心的时间，再也听不到"姐姐"的呼唤。她用生命证明了自己是可以教育好的子女，对党无限忠诚。雅晴的牺牲在全连乃至全团的上空密布了一层乌云，久久不能散去。人们的心情极其沉重，连长和指导员的眼睛也红了好几天。不过最痛苦的莫过于夏建国和我，他失去了恋人，我失去了姐姐。我不知道他怎么挺过这一关的，几天的工夫，他瘦了一圈，满脸胡茬子，头发乱蓬蓬的，老了十几岁，我根本不敢正眼看他。

　　自那以后，每个月的5号我都会去雅晴墓地，除草、添土，跟她聊天，或背几首她喜欢的古诗，祭奠她，慰藉自己。1974年1月5日，那天大雪纷飞，就在我快到雅晴墓地时，远远看到一个高高的雪人站在墓前，毋庸置疑，是夏建国。我止住脚步，让这对阴阳恋人多待会儿。不知过了多久，我的手脚都冻僵了，他才转身离去。那天晚上，夏建国来和我告别，说明天早上回北京，不回来了，并用哥哥的口吻嘱咐我要好好爱惜自己，别太拼命。我没说话，强忍着泪水望着那张棱角分明的面孔。他拍了拍我的肩头，转身走了，我泪如雨下。

夏建国走后，我曾不止一次地奢望他能给我写信。特别是七七年上大学之前那两年，知青们进入恋爱高峰，看着别人成双配对的，自己有种难以名状的惆怅。我把自己封闭起来，除了下地干活，其余的时间都闷在宿舍看书，雅晴留下的两本诗集我几乎都能背下来了。唯一能牵动我神经的就是每天文书从团部取回的一沓沓信件，盼望着有一封是夏建国寄给我的。四年过去了，杳无音信。上大学后，我时常梦见他，总是在雅晴墓前的样子，模模糊糊看不清面孔，高高的一个雪人。1981年，我大学毕业，被留校任辅导员，并和本校数学系一位老师结了婚，定居南京，后来有了儿子，日子平淡无奇。

2013年，一位工作在国家汉语国际推广领导小组办公室的朋友推荐我到曼谷T大学孔子学院教书，一年后在T大学的国际学院兼职，辅导中国研究专业大四学生的毕业论文。班上有二十四个学生，其中，一个叫夏晴的女孩儿格外吸引我，她的眼神让我感到似曾相识，可怎么也想不起来她像谁。她中文很好，论文题目是"先辈的足迹：我的家族史"。审阅这篇论文初稿时，我惊呆了，几乎不敢相信自己的眼睛，他的父亲竟然叫夏建国，曾经让我魂牵梦绕多年的名字。我不知道这是上帝在和我开玩笑还是对我的恩赐。

她对父亲的描述是这样开始的:"1949年,我的父亲出生在中国大陆的上海。那一年,中国共产党夺取了政权,建立了中华人民共和国,所以祖父就给父亲取名'建国'。在我的家族里,父亲的命最苦,本来他应该和其他叔叔们一样去欧美留学后回曼谷或台湾继承夏氏家族的产业,可那时的中国正值'文化大革命',父亲的学校停课了,既不能上学,又不能来泰国,因为那时中国和泰国还没有建立外交关系……""爸爸是个念旧的人,他总给我讲20世纪70年代初的事情,还有他在北大荒的初恋……"读完夏晴的论文,我的眼睛湿润了,也明白了"夏晴"这个名字的由来。我心里暗暗地对雅晴说:"亲爱的姐姐,安息吧!你爱的人对你仍然一往情深。"

沧海桑田。四十年来,我和夏建国如同宇宙里两颗不相干的星星,各自沿着自己的轨迹旋转,但定格在内心深处的那份情依然如旧。当夏晴带着我走进曼谷最高的旋转餐厅时,我的心都要跳出来了,好在他们父女俩都不知道我内心的秘密。

一位身材高大,穿着束腰白衬衫,留着八字胡,梳着大背头的绅士向我们走来。我极力寻找记忆中的那张棱角分明的面容,尽管时过境迁。沧桑岁月在他脸上留下了太多的痕迹,而且两鬓如霜,唯独微笑时右嘴角上挑的表情如故,颇似美国好莱坞影星克拉克·盖博。还没等我开口,他那双大手就伸了过来,并热情地招呼我就坐。此刻,他的强大气场一下子把我昨天晚上在脑子里反复预演的重逢场景全部清零,我再次感到,在他面前,我永远是一个幼稚的小妹妹。

我们谈了6个小时,仍意犹未尽。他告诉我,实际上他父亲是个老革命,在法国入党。回国后,他先在上海从事地下工作,抗日战争期间被派到香港，在残酷的斗争中，与他接头的人都牺牲了，他失去了组织的联系。新中国建立后，他找到当地政府，希望恢复党籍，安排工作，可没人能证明他在香港期间的工作，因此落得历史不清的结论。好在有一位留法的中央领导认识他，给当地党组织打了个电话，把他的工作解决了，却失去了提拔和重用的机会。"文革"期间，曾庇护他的那位中央领导被打倒了，他父亲被打成"特嫌"，害得夏建国也受到牵连。

夏建国相信自己的父亲，但无能为力，他默默承受着来自家庭的政治压力，尽管前途渺茫，但干活从不含糊，挖水利、割大草、盖房子他都冲在前面，表现出极强的意志和修养。连里人都很佩服他，五八年退伍的老连长尤其喜欢他。雅晴牺牲后，他病倒了，昏迷了三天三夜，老连长一直守在他身边。这位身经百战，解放战争中立下汗马功劳的战斗英雄，为这个命运多舛的知青潸然泪下。夏建国说，他身体恢复后，每个周末，连长都叫他去家里吃饺子，开导他，暗示他对自己在兵团的前途要现实。尽管这话让他很伤心，但他由衷地感谢这位领导和长辈，他知道他在尽力地保护他。

1973年年底，他回北京探亲，跟父亲汇报了他的情况，最后决定离开兵团，回广东梅县老家。那里是侨乡，家家都有海外关系，对个人发展比较有利。回到老家后，干了几年，改革开放了，他在香港的亲戚回国投资，看中了他，一场新的考验开始了。他说，如若没有兵团那几年的锻炼，就没有今天的他。在新的领域，他边学边干，发扬一不怕苦、二不怕死的精神，两年时间完成了香港成人教育的经济管理专业本科课程，接着考入香港理工大学金融服务专业的在职研究生，职位做到了部门经理。1990年,他来到泰国帮助年迈的叔叔管理家族产业。一年后,经人介绍和一位从美国回来的医学博士结了婚,那年他四十二岁。

他说,四十年来东奔西走,不论到哪里,不论干什么都忘不了兵团那段时光,忘不了雅晴,忘不了老连长,忘不了北大荒那片土地。我问他:"你在那儿受了那么多的苦,而且失去了雅晴,你不恨吗?"他反问:"你的父母曾打过你,你恨他们吗?"并接着说,"历史无法选择,就像我们不能选择自己的父母一样,那个特殊年代,整个国家都在遭难,我只是沧海一粟。比起那些老革命、老专家和五八年那批转业官兵受到的磨难,这算什么!而兵团给予的是我一生取之不尽、用之不竭的精神财富和强大的内职业生涯,在我心里只有感激。""当然,失去雅晴的痛苦至今刻骨铭心,可我们不可能化蝶而飞成为千古绝唱。我总要活下去,我还有父母和亲人。""你和兵团的人还有联系吗?"我问。"有!和老连长,他17年前去世了,住院期间,我寄去了两千美金。"他眼里充满泪花。我被震撼了,找不到合适的语言表达当时的心情,只觉得眼前的夏建国越发高大……

突然,前面的车停住了,我急忙刹车,原来,已经进入高速公路收费站。上高速了,我必须收回我的注意力。于是,我打开CD,干扰我的思绪。熟悉的《北大荒人的歌》再次响起,今天听起来格外动容,切身感到身在曼谷的北大荒人对那片黑土地的深情,随着那悠扬的曲调涓涓流淌,甜美而不失质朴。我打开车窗,让这沁人心扉的歌声在曼谷上空回响。

发表于2015年7月1日《泰华文学》第77期

孤雁

李丹记下泰国巴蓬寺（Wat Pan Nanachat）的电话和接机人巴颂的手机号码，随后关上电脑，走出家门。她决定去这个国际寺院住几天，借助佛祖神力理清今后的生活之路何去何从。

她是一家大型私企的投资总监，一位年薪近百万的白领丽人。自7年前在美国S公司工作时，她迷上了中国合作伙伴H公司的总裁刘明齐，便一发不可收拾，并为此欣然回国。她直觉笃定，刘明齐是她的菜。

李丹的直觉没错，刘明齐对她确实情有独钟。7年前，他带领考察团去美国S公司寻求合作，李丹负责他们的全程接待，其流利的英语、娴熟的业务和超前的国际投资理念，让刘明齐感到楚才晋用，求贤若渴；其淡扫蛾眉、落落大方的仪态，又让他看到久违的清新和典雅，喜爱有加。当他听李丹说，在S公司只是为获取国际投资经验，其目的是将来更好地报效祖国时，便立刻向她投去橄榄枝，幽默地说："我代表H公司热烈欢迎美丽的、天使般的投资专家李丹小姐来我们公司任职。"考察团的成员立刻附和着鼓起掌来，弄得李丹红云满面，不知所措，心里却美滋滋的。

自那以后，刘明齐时不时就给李丹电话，因为时差，李丹接听的时间常常都是深夜，尽管说的都是闲话，却让这个二十八九的姑娘辗转难眠。她满脑子都是刘明齐那张棱角分明，略带沧桑的面孔，尤其是做决策时，眯着眼睛，右嘴角微微上扬，若有所思又有点狡黠的劲头，还有最后右手按一下左手中指，发出一声清脆的决断信号的动作，无不令她如痴如醉。她无数次遐想，这位身价几十亿的民营企业家就是这样绘出一张张蓝图，就是这样抓住一个个商机，就是这样带领企业跨越一座座高峰，才五十多岁，大有可为。她越想越兴奋，不仅崇拜，还想追随，于是决定接受他的邀请。

李丹被任命为H公司总裁国际事务助理，并立刻投入到企业收购美国一家创业公司的项目中。她如鱼得水，无论是对欲购企业的调查和评估，还是收购方案中需注意的风险和法律程序文件的准备，都得到企业投资领导小组成员的认可和赞赏。刘明齐看在眼里，喜在心头，一有空就叫李丹到自己办公室聊上一阵，情投意合，相识恨晚。她坐在刘明齐对面，看着他欣赏自己的眼神里透着一种说不出来的温柔，心里甚是愉悦，为自己旗开得胜暗喜，而且有点儿骄傲。在这位不可一世的企业家面前，她不是傍着他的小秘，而是帮他的得力助手。

如果说李丹对刘明齐图谋不轨，也不冤枉。但她确实是靠自己的实力站稳了总裁助理的位置，赢得了他的心。收购项目结束后，刘明齐不仅工作上离不开她，感情也彻底沦陷，每天晚上都给李丹打电话，电波传情半年有余。可当李丹提出要将这份感情落地时，刘明齐却退缩了。他不能欺骗她，怜爱地说："对不起，李丹，我爱你，但无法给你一个家。妻子在我最落魄的时候嫁给我，吃尽了苦头，如今落了一身病，无论如何我都不能丢下她不管。"知书达理的李丹听了尤为感动，这种"贫贱之交不可忘，糟糠之妻不下堂"的品格让她更确定刘明齐是个靠谱的男人。她哭着说："知道！我不要家，只要你，有你的爱就够了。"

就这样,他们成了情人。在李丹三十一岁生日的那天晚上,刘明齐把她揽在怀里,说出他唯一的请求:"每年中秋和春节,我都要去新加坡与妻子、孩子团聚,不能陪你。"六年来,李丹毫无怨言,直到母亲去世,她才认识到这意味着什么。在举国欢庆、万家团圆的爆竹声中,她则守着空旷老宅里双亲的遗像过除夕。孤独、寂寞,甚至恐惧无处不在,最糟糕的是,不知这样的日子何时到头。她痛苦至极,想到分手,可一想到三十七岁的老姑娘,找到幸福的概率微乎其微,又动摇了,有他起码还有半个家,即使熬不过刘夫人,还有……

李丹走进飞机头等舱,扫视了一下这熟悉的贵族空间,发现三排豪华座椅只有她和另外一位女士,不由一声叹息,心想:此时此刻,这个世界的孤雁不止她一只。

发表于2016年8月泰华作协文集《湄水南窗》

彩霞的爱情

浪漫往往是超现实主义的，是一种充满幻想的意境。而理想则是抱负和志向的目标，是可以实现的。如果一个人把浪漫当作理想去追求，穷尽一生，结局可想而知。彩霞就是这样的人。

彩霞是大兴安岭林场伐木工人的孩子，在山里长大，由于家离当地的一个农场较近，所以她的小学和中学都是在那个农场的学校就读。她的世界朴素简单，大山、树木、家、学校和猎狗，还有每天上学都要穿过的一片白桦林。十三岁那年，浩浩荡荡的知青来了，彩霞才看到山林以外的色彩。她第一次看到这么多城里人，他们长得白白净净、眉清目秀，说话的声音比唱歌还好听。她喜欢极了，羡慕极了，崇拜极了。

彩霞升入初中，令其兴奋不已的是任课老师都是知青。这些比她大不了几岁的老师见多识广，不仅课讲得津津有味，而且介绍起名胜古迹来也是滔滔不绝。借由大串联，他们几乎走遍全国，这对从未离开过大山的彩霞来说，不能不心生艳羡。到了初二，她疯狂地着迷于语文老师卢帆的课，古文诗词、成语典故在卢老师的口中都变成了天籁，美不胜收，连他讲课时不经意的手势都透着儒雅和潇洒，令她陶醉。

彩霞的兴趣变了，连她自己都奇怪，一直讨厌背课文的她，如今就盼着上语文课。她觉得每一篇课文都是一扇灵魂之窗，指引她看到一幕幕扣人心弦的湖光山色。她开始构筑梦想，决心好好学习，将来离开崇山峻岭到外面的世界看个够。她成了班上背诵古文的能手、作文尖子。卢帆发现这个来自深山老林的女孩，是那么纯真、好奇、上进，其懵懂、执着和渴望的眼神动人心魄。他认定这是一块璞玉，终能成器。可他不知道，自己就是这块玉石的雕工。

卢帆是北京一所名校的高三学霸，若不是"文化大革命"，早就是北京大学哲学系的学生了。他喜欢黑格尔的辩证哲学思想和马恩的唯物辩证法，可在农场的日子里，这些东西只能藏于脑海，至于未来，不敢想，也没法想。

彩霞正值花季，除了对知识的强烈渴求，还萌发出对异性的好奇和渴望。这种感觉令她羞涩，但又无法控制。她想天天看到卢老师，若没语文课，就要创造一个和他偶遇的机会，否则就感到心神不宁。她拼命用功，以抑制这越发强烈的欲望，但无济于事，那种既幸福又倍受折磨的滋味死死缠着她，不能自拔。最糟糕的是，她的爱毫无希望，因为卢帆的心里装满了黑格尔、苏格拉底、柏拉图、亚里士多德……全是她搞不懂的名字，根本没她的位置。

彩霞毕业了，必须离开卢帆去县城上高中。临行前，她来告别，两眼含着泪花。卢帆看着这个得意门生暗自惊讶她的美丽。三年来，她那双懵懂的大眼睛变得楚楚动人，装满了故事，而这一蜕变，恰是自己陪她一路走来，却毫无觉察。卢帆很感慨，怜爱地说："彩霞，你长大了，漂亮了，好好读书，争取上个好大学。"彩霞不相信自己的耳朵，令她魂牵梦绕的卢老师竟然在夸她漂亮。一股汹涌的热流冲出了她的眼眶。

彩霞离校后，卢帆被推荐上了大学。师生一场，她对他来说只是众多学生中的一个，人生旅途中的过客；而他对她来说，则是她的初恋，她心中的白马王子，她日思夜想却永远不能企及的男神。彩霞在爱的折磨和痛苦中度过了高中和大学，没有向任何人倾诉过。她知道，世人眼中她配不上他，反而会认为她是个花痴，想攀高枝儿。而她则从未想过那种世俗的恋爱结局。她认为真正的爱情是平等的，是奋不顾身、刻骨铭心、不图回报的，关键是这辈子能不能遇到值得这么爱的人。她感到庆幸，情窦初开，她就遇见了值得倾尽情衷的人。他不是想象中的幻影，而是实实在在帮她走出大山，照亮她求知道路的贵人。她因爱他而骄傲。而这一切与她所爱的人爱不爱她毫无关系。

彩霞毕业后在北京漂了十年，心中那份沉甸甸的爱让她在物欲横流的社会里显得特立独行。她决定回农场的学校任教，与大山、白桦林和天真的孩子们一起守卫她萌生爱情的那方净土。

发表于2015年12月27日《泰华文学》第80期

替补新娘

妙丹睡了,脸色灰暗,面容憔悴,这个不知疲倦的妻子终于累倒了。华光心生愧意和怜爱,这个他未曾爱过的缅甸女人从不抱怨,无论日子多难挨,都默默忍受,十几年来为他持家,生儿育女,甚至养家糊口。他的眼睛模糊了。

看着熟睡的妻子,他发现,妙丹并不难看,眉宇和她姐姐尼拉长得一样美丽,只是鼻子略微扁平。这么多年,他还是第一次这么认真地端详妻子,因为他心里一直装着那个酷似他初恋情人的尼拉。尤其是尼拉的体型、脸型和神态太像他在剑桥大学的恋人——斯琪。彼时,他俩都是爱国青年,决定一起回国参加抗日,等胜利了再结婚。于是,他回到云南,参加了中国远征军,开赴缅甸,配合英军作战;她回到上海,参加了文化界救亡协会,为前线的将士募捐。做梦也没想到,他们约定的胜利之日竟成了彼此永别之时。

抗战胜利后,华光所在的国军回不了中国大陆,只能转战于泰缅边境。枪林弹雨中活下来的华光,早已把生死置之度外,心里唯一放不下的就是朝思暮想的斯琪。在"反攻大陆"彻底失败后,他绝望了,开始酗酒,到处寻找长得像斯琪的姑娘。他像做拼图游戏一样,今天找到一个眼睛像的,明天找到一个脸型像的,后天找到一个嘴巴像的。可以想象,在热带国家的深山老林里要找到那种中国江南美女,实乃天方夜谭。然而,华光不管这些,他像疯子一样寻寻觅觅,锲而不舍。

或许上帝看他太可怜，终于让他觅到了奇迹——尼拉。他欣喜若狂。那是一天傍晚，华光郁闷不已，独自来到一片茶园，看到一对男女手牵着手走在他前面，女孩的纤细腰肢和走路的姿态很像斯琪，他急忙向前赶了几步，喝令他们停下。当尼拉回头看时，他惊呆了——这不就是斯琪吗？！他热血沸腾，不顾一切地把尼拉搂在怀里，越箍越紧。这让旁边的小伙子始料未及，义愤填膺。他冲上前去打华光，并从他怀里往回抢女人。一阵混乱后，华光放开尼拉，小伙子不依不饶要和他拼命。这时，华光掏出手枪，对着天空放了一枪，小伙子无奈，冷静下来。

第二天，华光带着卫兵来到尼拉家提亲，跟她的父母说三天后来接人，拜堂成亲。这对老实憨厚的夫妇不知如何是好，当地人都知道这些军人不好惹，如果不从，就别想有安生日子。家人劝尼拉索性嫁了。可尼拉已有心上人，不想嫁给这个老兵。第二天，她和情人偷偷逃跑了。

第三天，华光带着一队人马来接亲，没想到新娘跑了，气得他浑身发抖，朝着天空连开数枪。这可吓坏了尼拉的父母，没办法，他们让听话的妙丹顶替姐姐出嫁。华光考虑到军营里已经大摆宴席，等着他和新娘，如若只身返回，实在颜面扫地。就这样，作为替补新娘的妙丹跟华光举行了婚礼。

没娶到尼拉，华光的脾气越来越大，几乎天天酗酒，甚至夜不归宿。妙丹知道丈夫没娶到姐姐，气不顺，所以小心翼翼，免得火上浇油，可心里却美滋滋的。她感谢姐姐，要不是她逃婚，自己怎么也没机会嫁给华光——一个有文化、有本事的中国人，而且人也长得英俊潇洒。可是，她没文化，不懂得爱情，更不知道怎么做才能让丈夫喜欢，只会逆来顺受，用尽自己的耐心和温柔去暖化丈夫那颗受伤的心。尤其在军队解散后，家里没了收入，妙丹夜以继日地做女红支撑起这个家，让华光颇为感动，从心里接受了这个替补新娘。

他们有了三个孩子，两男一女，个个长得像父亲，白净，高挑，一看就不像缅甸人。妙丹甚是得意，感到骄傲。她要让孩子们都能去曼谷读书，将来和他们的父亲一样出国留学，做个有知识、干大事的人。她起早贪黑，不辞辛苦地开山种茶，由于对采茶、晒青、摇青、炒青、包揉、烘干，道道工序样样精通，制出的茶叶清香甘醇，远近闻名。家里的日子不愁了，可她的身体则每况愈下——她太累了。

华光俯下身子，轻轻地吻了一下妻子的额头，只见妙丹的眼角流出两行热泪。

发表于2015年12月27日《泰华文学》第80期

佛理

兰青不是佛教徒，却钟爱泰国的四面佛，尤其喜欢充满佛教气息的泰国文化。她第一次来泰国旅游，就被这个到处是庙、随处拜佛的国家所吸引。十年来，她几乎每年来一次泰国，走遍这里的山山水水，访遍全国知名的寺院。她说，即使是以参观者的心境走进庙堂，也会感到庄严、肃穆，心灵得到了净化。

她的佛缘还得从她的儿子说起。十年前，儿子面临高考，尽管学习成绩一向名列前茅，可能否考上理想大学还是个未知数。孩子每天起早贪黑，拼命用功，一心想进清华。兰青看在眼里，疼在心上。决定春节带儿子去泰国旅游，让儿子放松一下紧张的神经。从此开始了她与四面佛的佛缘。

从芭提雅回曼谷的路上，导游介绍四面佛是泰国香火最旺的佛像之一，该佛虽是印度婆罗门教神祇，但在东南亚法力无边。佛的四尊佛面，分别代表爱情、事业、健康与财运，信奉者无论求事业、祈爱情、盼发财，还是保平安，皆能被照顾到，而且"有求必应"。导游还特别强调位于曼谷爱侣湾凯悦酒店边、崇光百货公司旁马路转角处的那尊四面佛尤其灵验，很多旅游者都会前去参拜。当天，兰青就前去为儿子祈福，希望四面佛保佑他考上清华大学。

她买了香、蜡烛和花环，顺时针方向在每一面佛前的香炉里插上三根香，安放一根蜡烛，并在每根蜡烛上挂了一个花环，虔诚地在每尊佛面前扣了三个头。当年，她儿子真的如愿以偿，以优异的成绩进入清华大学。这让兰青心花怒放，尽管她知道这是儿子能力使然，但还是把功劳归功于四面佛的神力。第二年春节，她带着大一的儿子专程到曼谷为四面佛还愿，而且举行了隆重的仪式。他们在每面佛前摆上一个香炉、一对花瓶、一对蜡台、一杯清水和一小碗香米。每个香炉内插上七根香、花瓶内插入七枝不同颜色的花，并请舞者献艺，请佛观赏。最后，还给寺庙捐赠了两万泰铢。

后来，我问兰青："你真的那么相信四面佛吗？"她的回答完全出乎我的意料："对佛不是信和不信的赌注，而是敬畏！有一句话说得好，'自信者不迷信，迷信者不自信。'我不相信，一个人不努力，靠天上掉馅饼就能生存。四面佛只能给人精神力量，暗示人去努力奋斗，锲而不舍地实现自己的理想。我这么做是给儿子看的，让他对自己多一份信心。"一席话让我对兰青刮目相看，没想到这位只有高中文化水平的中年妇女竟然对佛有如此深刻的见地。我接着问："既然儿子已经考上理想的大学，为什么一定要来还愿呢？"她的回答再次让我震撼："知恩图报是做人的起码良知，还愿是让儿子懂得这个道理。同时，也要他认识佛对人还有一种法度的威慑，促使他去建立自己的道德底线，不要在这物欲横流的社会成为智商高、情商低的人。愿他心里多一种阻止他为所欲为的力量，他是我的希望。"

听着兰青深沉而富有哲理的佛理，我汗颜了。

发表于2016年3月1日《泰华文学》第81期

水云

水云是20世纪80年代中国第一茬独生子女,深得祖母宠爱。本来母亲叫她云儿,可奶奶说她五行缺水,非要在云前加个"水"字,以提高其命中的含水量。殊不知水补多了,会成为她生活里的滂沱大雨。

水云的丈夫是她大学时认识的泰国留学生,叫钱坤。因长得像泰国电影《爱在暹罗》中扮演成年Mew的人气影星Pchy,让她一见倾心。因为自打看了这部电影,片中那位俊秀腼腆的主人公就成了她的梦中情人。或许真是命中注定,恰在水云升入大四那学期,坤被母亲赶去中国Y大学进修中文,他们在校图书馆偶然邂逅。

水云兴奋不已,想方设法接近坤,毛遂自荐做他的中文辅导老师,主动带他品尝风味小吃,陪他游览名胜古迹。由于她是泰语专业的学生,很快就和说不了几句中文的坤成了朋友。当她得知坤尚处单身后便展开了情感攻势,可坤却欲拒还迎,少言寡语,始终与她保持距离。水云感觉不到坤有就范的意思,可又不愿轻易放弃,至少在女同学面前能有这么一个帅气男友很有面子;此外,跟他走在路上回头率亦很高,让水云的虚荣心爆棚,存在感十足。

出乎水云的意料,就在毕业前夕,坤突然向她求婚,水云激动不已,看到心上人终于拜倒在自己的石榴裙下,她醉了。可水云的母亲却忧心忡忡,总觉得这个过于沉默的泰国小伙儿心里藏着什么，怕自己女儿吃亏，因而对这桩婚事一直持反对态度。然而，铁了心的水云根本听不进母亲的话，毅然决然地跟着钱坤走了。

水云的婚礼在曼谷湄南河畔的希尔顿饭店举行，阵容豪华，场面盛大。她做梦也没想到坤竟是个家财万贯的独子，其母在泰国商界影响力甚伟。一种无形的精神压力袭来，她忐忑不安，唯恐自己胜任不了钱家少奶奶的重任。让她深感安慰的是，婆婆对她格外疼爱，特别是她怀孕后，什么都不让她做，几乎是捧在手里怕摔了、含在嘴里怕化了。可令她不解的是，一直对她像杯温开水的坤，却开始冷却了，常常借出差之名，夜不归宿。

水云十分懊恼。她听说泰国男人都很花心，一些有钱的老板都有两三房外室，她们分别生活在各自的别墅，由丈夫定期临幸。水云想，不会是坤瞒着她在外面养了小三？这才结婚几天呀，未免太快了？她百思不得其解，伤心地偷偷落泪。她抚摸着肚子里的孩子，担心无法给小家伙一个幸福完整的家。她渐渐意识到当初母亲所言之分量，"你了解坤吗？"

然而，事情远比水云想得糟。婆婆的脸色越来越阴沉，只要坤一回家，就把儿子拉进自己房间，一说就是半天。水云觉得他们母子俩有秘密瞒着她，便心生一计，把自己的手机预先放进婆婆的房间。于是，她便听到这样一段录音：

婆婆："坤，你不能这么对待水云，她怀了你的孩子！"

坤："那不正是你要的吗？钱家有后了，我做到了，你还不满意？"

婆婆："水云怎么办？她是你的妻子。"

坤："可我更爱路文。"

婆婆:"可他……"

……

水云已经听不清后面的对白,她整个人几乎晕了过去,做梦也没有想到一年多来,睡在自己床上的这个男人竟然是个同性恋者!她认得那个叫路文的家伙,大高个,长方脸,眉毛上有一颗黑痣,说起话来不阴不阳,时不时做着兰花指的手势,一看就令人作呕。她无法按捺自己的愤怒、委屈和后悔,号啕起来……

水云清醒过来,耳边再次响起母亲的话:"你了解他吗?"扪心自问,她真不了解坤,也算不上有多爱他,只是喜欢那张酷似 Mew 的脸罢了。说来也是命,没想到他连性倾向也跟 Mew 一样,简直是一种荒诞的巧合。此刻,水云居然宁愿坤是在外面搞女人。

眼泪湿透了枕头,水云绝望地看着天花板,无奈地品尝着自己酿造的苦酒。她没脸给母亲打电话,当初离开家时那么绝情,不给自己留半分退路。她不想再当这个少奶奶了,可孩子怎么办?眼泪又泉涌般流了出来……

发表于 2016 年 3 月 1 日《泰华文学》第 81 期

冰凌花

龚凡捧着母亲的骨灰盒登上曼谷至北京的飞机,心情极其悲痛。她要把母亲送到父亲身边,遥远的黑龙江畔。他已经在那里长眠了四十年,默默地等待着爱妻的到来。

她疲惫不堪,把骨灰盒放到身边的座位上,放低椅背,尽量使自己坐得舒服些,闭上眼睛,想睡一会儿,可是脑子里却翻江倒海,怎么也平静不下来。母亲那端庄慈祥的面容,与她最后这段时间的日日夜夜反复浮现在眼前,特别是老人去世那天的情景历历在目,不禁又让她潸然泪下。

那天上午十点左右,母亲突然清醒过来,让女儿帮她洗脸,把发髻盘好,给她穿上那件鲜艳的节日盛装,幽默地说:"我要漂漂亮亮地去见你父亲。"龚凡顺从地为母亲梳洗打扮,最后从衣柜里拿出母亲说的"盛装"——一件红底黄花的段子夹袄。那是去年,龚凡带母亲参加中国驻泰王国大使馆举行的春节招待会,为其定做的。那天晚上,她让母亲享尽了一个优秀女儿为其带来的荣耀和慰藉。作为美国M公司泰国分公司的新任总经理,龚凡受到与会泰国商界各路巨头的握手礼和恭贺寒暄,包括中国大使馆的商务参赞。

那是一个难忘的夜晚,她从未见过母亲那么高兴,从始至终都面带微笑,年轻了许多。她发现母亲穿上这件略带腰身的上衣,身段显得格外修长,虽然头上银丝缕缕,但衣服的亮丽色彩和那优雅的举止让人抑制不住地遐想,这位风韵犹存的女子曾经有多么美丽迷人。龚凡挽着母亲的胳膊，骄傲地在使馆"新春招待会"的布板前留影，笑容格外灿烂。那张照片被她放大，悬挂在与母亲居住的公寓客厅里。没想到，这竟成了她和母亲在曼谷的最后纪念。去年十月，母亲感到身体不适，没想到查出肺癌，而且已是晚期，短短半年人就走了。龚凡悲痛欲绝。她不知道这是不是应了中国那句老话——乐极生悲。

在母亲最后的这段时间里，龚凡一直陪在她身边，娘俩说了一火车的话，聊得最多的还是父亲。龚凡的父亲叫龚亚林，是烈士子弟，其父是三八年的老革命，牺牲于解放战争的渡江战役中。那年，亚林两岁，母亲后来改嫁，他在爷爷奶奶身边长大。由于爷爷当过私塾先生，所以亚林从小就受到"四书五经"的文化熏陶，并对中国古代哲学产生了浓厚的兴趣。从初中起，他就憋着劲要考北京大学哲学系，直到高三，各门功课始终名列前茅。他不仅是学霸，政治上也比别的同学成熟得早，进入高二就入了党，并被学校列入教育部保送国外读大学的名单。然而，生不逢时，就在他离大学一步之遥的时候，轰轰烈烈的"文化大革命"开始了，所有的学校都停课了，而且一停就是十年。

1968年6月，身为学生会主席的龚亚林带头响应毛主席关于知识青年上山下乡的号召，积极报名去北大荒A农场屯垦戍边。一直崇拜和爱慕他的学妹——高一的林岚，也就是龚凡的母亲，毅然决然地追随他去了农场。于是，在四十万知青的人生悲喜大戏中多了一曲由这对生死夫妻演绎的爱情咏叹。

在医院，母亲给龚凡讲了很多关于父亲的故事，每一个故事的细节都描述得栩栩如生，可见这些往事不知在她的脑海里闪回了多少遍，留下的印迹有多深。有一次，母亲讲述父亲在学校担任学生会主席时组织的一次全校诗朗诵活动，其中他朗诵了自己写的诗歌《青春的翅膀》，获得台下雷鸣般的掌声，后来那首诗被推荐到《中国青年报》，发表在文艺副刊上，还刊登了一张他英气十足，却不乏儒雅的小照，顿时产生了不小的社会影响。停课后，他还收到一些来自全国学生读者的来信，其中，不少女生的信里都充满了对他的爱慕。说到这儿，龚凡发现母亲那苍白的脸上泛起一丝红晕。能感到，这么多年过去了，她仍为自己能得到父亲的爱而自豪。

让龚凡记忆犹新的还有母亲讲的他们在北大荒的一幕。那是1979年年底，农场被沈阳军区组建成黑龙江生产建设兵团独立团，父亲被提拔为武装连的副连长，第一个战斗任务是带着战士配合通信部门，在规定的五天内完成架设一条临时战场通信线路的前期工作——树杆。那是一项时间紧、作业环境十分恶劣的艰巨任务。黑龙江的冬天，大雪纷飞，寒风刺骨，加之在到处是荆棘和残树根的半山腰挖坑埋杆，困难可想而知。母亲不无敬佩地说："你父亲真是个领导天才。他没有急于布置任务，而是先召开'诸葛亮会'，把连里有经验的老职工召集在一起，集思广益，制定可行性施工方案。然后，把战士老少搭配组成二人突击组，三个组为一个小队，以小队为单位组织突击队竞赛。就这样，他在规定的时间内圆满地完成了任务，受到团里前沿指挥部领导的表彰。"

其实，很多故事龚凡小时候都听母亲讲过，只是那时候就是听热闹，并不怎么理解，觉得那个时代的人都很傻，甚至没脑子，做出那么多疯狂，乃至于荒唐的事，包括自己的父母。

这次不然，她为母亲讲的每一个故事感动，被他们这一代人吃苦耐劳、不屈不挠、无私奉献的精神深深感动，觉得没有他们这代人的磨难，就没有中国后来的改革开放，以及今天的经济崛起。她从未像现在这样对这位从未谋面的父亲如此崇拜。尽管，看着母亲义无反顾地坚守空房几十年，她早已经体会到父亲的人格魅力之大。

即便如此，在龚凡的记忆里，父亲的形象仍然是静止的，他永远站在黑龙江畔的雪地里，手里掐着一束冰凌花，笑着看着远方。那是他和母亲新婚之际顶着初春的严寒去观看黑龙江跑冰排，在江畔寻找冰凌花时的一张照片。母亲说，在北大荒农场，这是他们每年最期盼的时刻。由于气候转暖，江上的冰层逐渐融化解体，形成一块块形态各异的冰坨，排山倒海般顺流而下，冰与冰相撞之声不绝于耳，水与水相连，翻着波浪。江面上，冰排好像千军万马，浩浩荡荡而来，又浩浩荡荡而去，蔚为壮观，令人震撼，给人以力量；江畔上，则别有洞天。冰凌花悄悄钻出冻土，顶着晶莹的冰露，傲然绽放在雪地里，格外耀眼，为沉睡一冬的大地增添了清新亮丽的色彩，赏心悦目，令人欢欣，使人沉醉。那天，父亲看到被一片残雪掩盖的冰凌花毫不畏惧地冲破融雪形成的冰层，奋力将鲜艳的黄色花瓣挣脱出雪面，那种顽强勇敢的精神令他震撼。他蹲了下来爱怜地看着这些美丽的小花，若有所思，最后掐下几朵，准备送给自己的新娘。就在他站起身招呼爱妻时，母亲抢拍下这珍贵的镜头，不料，这竟成了他的遗照。

照片是120相机拍的，已经发黄，但父亲脸上那浓浓的眉毛、笑弯的眼睛和整齐的牙齿清晰可见。无疑，他是英俊的，而从那高大的身躯和宽厚的肩膀看，怎么也感受不到母亲说的"儒雅"，倒是能切实体会到一种魁梧健壮、坚实可靠。不过，她看过父亲的日记，准确地说是一本诗集，里面的诗句固然时代感强了些，但绝对尽显他的出众才华。其中有一首写给母亲的《冰凌花》令她记忆犹新，亦能看出父亲对母亲品格的欣赏和爱慕，或许这首诗就是他在采下冰凌花，欲送给母亲那一刻构思而成：

冰凌花（七绝）
——致我最亲爱的妻
千里银装素色寒，
鹅黄小花冰上欢。
任凭风霜雪飘落，
傲然报春暖人间。

龚凡把这首诗抄在一张即时贴上，与那张照片一起放在父亲相册的扉页。她总是在睡前浏览这本影集，希望梦中与他重逢，真真切切地跟父亲待上一会儿，即便只是短暂的神交。有一次，她真的梦见了父亲，形象和照片一样，高大挺拔，穿着一身褪了色的旧军装，微笑着，远远地看着她。还没等她看清楚，上前叫一声"爸爸"，就看见一道火龙从父亲身后滚滚袭来，越来越近。她急坏了，喊着去救他，可腿像灌了铅一样怎么也迈不动步，只能眼看着大火将父亲吞没。她呼喊着，在号啕中醒来，发现母亲坐在她的床头，是她的哭喊声把她引到自己的房间。

母亲把她抱在怀里,告诉龚凡,父亲确实的是被一场火灾夺去了生命,他是为了救人牺牲的。那是20世纪70年代中后期,他们已经在黑龙江A农场待了九年,作为66届高中毕业生的知青,龚亚林已经成为一名出类拔萃的厂领导干部。面对国家恢复高考制度,他激动不已,十分想参加当年的考试,以实现上大学的夙愿。可作为农场负责生产的副厂长,面对手里正在抓紧的秋收工作,他犹豫了。强烈的责任感对他说:你是副厂长,不能只为自己着想!可是,他太想上大学了,当哲学家是他梦寐以求的理想。他纠结不已。九年来,无论多艰苦的工作他都未曾退却过,而今,也不能因为备考上大学而弃工作于不顾。考虑再三,他选择站好最后一班岗,来年再考。可是,他生命的里程表上却没有来年,指针已经定格在当年一个山火熊熊、浓烟滚滚的秋日。

那天,山火从邻近的林场蔓延过来,如果不把火阻止在山里,山下正在收割的几百公顷大豆就会毁于一旦,临近的生产队驻地、学校和家属区都有危险。龚亚林一方面调集机械在山下翻土建防火隔离带,另一方面亲自带领两个生产队的青壮年进山人工开辟隔离带,争取把损失降到最小。他们在山上的灌木丛地带停下,决定在山火到来之前砍出一条隔离带,没想到就在进入尾声时,突然起风了。他命令职工马上撤退,自己和两个生产队的干部断后。就在他们要离开之时,突然听到后面有哭声,可是看了半天没有人,哭声却不止。他转身去找,发现一堆乱树枝旁趴着一个人。此时,火借风势滚滚而来,热浪和浓烟让人感到窒息,龚亚林飞奔过去,发现是一个十七八岁的孩子被树根绊倒,小腿被一根坚硬的树枝扎穿。他立刻用镰刀割断树枝根部,抱起孩子。就在他站起身来那一刻,迎面飞来一个火团,从他的脸上掠过。他忍着剧痛,抱着那个孩子跑了几步,便倒在地上。当他醒来时已经不能说话,整个脑袋被纱布裹着,一个氧气管从纱布里伸出,人已经面目全非;更可怕的是,他的口腔、呼吸道和肺部严重烧伤,第二天,在去地区医院救治的途中毙命。那时,龚凡还在母亲的体内孕育,尽管已经能清晰地感知母亲的号啕声,但并不知道她这一生注定看不到父亲了。

那年的冬天格外寒冷,可对母亲来说,心比天更冷,失去爱人的痛苦让她倍感孤独。要不是为了腹中的孩子,她死的心都有。作为拥有八年中学语文教学经验的老师,她对"撕心裂肺""万箭穿心"这类成语终于有了切身体会。眼泪干涸了,她在日日思君不见君的绝望中生下了爱女,小小的龚凡。孩子的笑脸温暖着她那颗冰冷的心,孩子的啼声给一直压抑而苦闷的房间平添了几分人气和生气。母女俩相依为命地挨过了这个残忍的冬天。春天到了,母亲抱着孩子来到黑龙江畔看跑冰排,在岸上的雪地里采了一束冰凌花去看望丈夫,让他看看自己的女儿。

作为烈士的妻子,母亲可以带着女儿回北京工作,可是她舍不得睡在小兴安岭山脚下的丈夫,迟迟没有离开。直到龚凡长到三岁,考虑到孩子的教育问题,才办理了回京手续。不过,每年清明,不管母亲有多忙,都要抽时间来父亲墓地祭奠,四十年来从未间断过。即使这两年,她和女儿生活在泰国,也是如此,早早催促龚凡买回国的机票,生怕错过忌日。记得去年,龚凡陪母亲一起扫墓,父亲碑前的景象把她惊呆了。在春寒料峭的黑龙江，人们不得不被羽绒服包裹严实，而冰凌花则吸吮着寒露，傲然绽放。白而渐红的茎，紫里透绿的叶，托着闪闪发亮的鹅黄色花瓣儿，一簇簇、一片片、黄澄澄、金灿灿，伴着残雪，满山遍野，生机盎然，让扫墓人的悲情退却很多，为墓主人能安息在如此清新美丽的地方而感到慰藉。

尤其让龚凡感动的是，父亲碑前摆放的一束束已经凋零的鲜花和捆绑鲜花的缎带上的祭文。其中有几束花是老知青送的，一个缎带上写着："亚林哥，你是我们的骄傲！不管进入哪个时代，你永远是我们之中最棒的！"有几束花是当地老职工送的，缎带上写着："龚厂长，我们永远怀念你！"放在这堆花最上面的一束，系着红色缎带，上面写着："龚厂长，您给我第二次生命，我献给您一个辉煌的农场！"那束花中还夹着一张高楼林立的 A 农场全景照。母亲告诉她，父亲当年从火海里救出的那个老职工子弟，如今当了厂长，干得非常出色。

这次黑龙江之行，让龚凡对父亲的认识更加清晰，对母亲几十年来对父亲的苦苦爱恋更加理解。作为过来人，她完全懂得母亲这份爱的价值和分量。女人不怕守空房，怕的是一辈子遇不到让她倾尽情衷的人，从这点看，母亲是幸福的。她在情窦初开的时候就遇见了父亲——一个如此优秀的男人，为他厮守，值得。她想到秦观的绝句"两情若是久长时，又岂在朝朝暮暮"，这不正是赞颂母亲所崇尚的爱情吗？！

龚凡透过机窗俯瞰仙境般的云海，想象着父母在天国相见的情景，突然感到鼻子一酸，泪水又涌了出来。他们的婚姻生活不足一年，爱情却持续到地老天荒。母亲用生命演奏了一曲哀婉缠绵的爱情咏叹，凄美而浪漫。她想起在整理母亲遗物时

看到的几本日记,那是四十年来她和父亲的神交。母亲不愧是才女,字迹娟秀,文采斐然,其中有一篇写思夫的词,让她十分动容:

卜算子·苦恋
春风吹孀闺,梨花伴孤夜。清明时节倍思君,痴心照明月。
相思泪流干,海枯情难灭。只缘胸臆有心香,化灰情难却。

龚凡为父亲骄傲,四十年来,尽管他在天国,母亲仍像少女一样热烈地爱着他,痴情如故,纯粹如故,无论时代大潮如何汹涌,都不能一改她对这份感情的坚守。她深谙,母亲绝没有赢得一座牌坊的野心,而是爱得太深,植入心底,嵌入灵魂。在母亲的日记里,她发现一枚用冰凌花制作的书签,正面是花朵标本,下面写着冰凌花的花语:无私的爱,勇敢的爱;背面用小楷镌写着父亲给她的那首《冰凌花》。

龚凡把母亲的骨灰盒重新抱在怀里,深情抚摸着,心里默默对她说:"妈妈,您很快就能见到爸爸了。"她抬起头,遥望机舱外面那滚滚的云团,仿佛看到母亲奔走在白雪皑皑的荒野里,父亲站在不远的尽头,身裹一层厚厚的白雪,手里掐着一束冰凌花,向母亲走来的方向张望,深情地翘起嘴角。他想跑过去拥抱她,却无法活动手脚,因为在四十年的风雪里等待,他已经变成一座丰伟的冰雕。

发表于2016年6月1日《泰华文学》第82期

欠你一句"抱歉"

凌晨五点,白雪乘坐的出租车驶入首都国际机场 T3 航站楼,停在出港大厅 3 号门前。她打开车门,背起电脑包,接过司机递上的拉杆箱,说了声"谢谢",便向出港大厅走去。

她是这里的常客,近十年来,无论是出国讲学、参加国际学术研讨会,还是外出考察都在这儿起航,她对这里再熟悉不过了。可今天,她却像新人一样兴奋,对这里充满新鲜感,觉得那透过雾霾洒落在停机坪上的微弱霞光都比往日绚丽。因为,63 岁的她即将开始自己人生的又一个新征程。这位国际知名的东南亚问题专家,昨天才从国内 A 大学退休,今天便踏上赴泰国 T 大学的上任之路——一年前她就被这所大学的国际学院预聘为顾问和教授。她计划明天去拜访该学院院长 NEW 先生。

E 柜台前,办理登机手续的人已经排起了长队,柜台上方的屏幕显示正在办理登机手续的航班:北京－曼谷 TG675。她驻足,站在靠外面那队末尾,一位白发苍苍的老人后面。就在此时,手机响了,是女儿打来的。

"燕燕,什么事?"

"妈,您把家里的钥匙放哪儿了?"

白雪想了想说:"好像放在进门的鞋柜上,如果没有的话,就在我昨天穿的那条黑裤子兜里找找。"

此时,白雪前面那位老者突然转过头来,眯着眼睛看着她,因为他听到来自记忆深处那个熟悉的女声。他有点不相信自己的耳朵，要借助视力来确定这是不是真的。只见他的眼睛越睁越大，盯着白雪，似乎在她脸上寻找到了某种证据，惊喜万分，等对方一放下手机，就对她说："你——是——白——雪！"语气从将信将疑到笃定不移。白雪愣了，不知道这位长者是谁，他又怎么会知道她的名字。她下意识地点了点头，诧异地看着对方。老人兴奋地说："你认不出我了？我是廉峰，廉峰啊！"

　　白雪惊呆了。她的确认不出面前这位老人是谁，可"廉峰"二字早已刻入肌骨，即使记忆消散，这名字是注定要带进坟墓的。但是，她无法接受眼前这个老朽的廉峰，且不论丝毫不见其风华正茂之余韵，即便比之同龄人也显得苍老很多。头发白得彻底，皱纹深得决绝，背还有点驼，原本玉树临风的身形如今弯了，脖子向前伸，撑着一张脸，看上去让人觉得有点累。这位老者会是四十年前叱咤球场的潇洒中锋吗？白雪完全不相信自己的双眼，恍如隔世，不可思议，什么磨难让他变得如此沧桑？

　　此刻，廉峰很激动，禁不住用力握起她的手，久久不肯松开。对此，白雪并不觉奇怪，这是他们那一代人的特质，别说他们曾经是校友，又在一个连队待过，即使素未谋面，只要是从北大荒出来的，一种同舟共济的情愫立刻能将两个人的心拉到一起。知青也好，战友也罢，一见如故，无须寒暄，思想和话题会不约而同进入同一个时空。

　　通过相握的手，她感受到了廉峰的力量。此时，这老男人激动得像个孩子，憨笑中闪现一抹活力，一改此前的垂暮之态。白雪这才感到一点儿欣慰。已经六十多岁的人了，她还是那么感性，看到廉峰现在的样子，心里有种难以名状的滋味，心疼？

难受？可怜？尽管，记忆里的他并不爱她，但是，他毕竟不是她的普通同学和战友，更不是生命中一闪而过的人。

廉峰是白雪高中时的学长，高她一届。彼时，白雪正值情窦初开，入校不久就被这位学长吸引，最先令她倾慕的是廉峰的文采。那年开学不久，学校举行征文比赛，他的作文《给三十年后自己的一封信》获得了一等奖。当时，所有获奖作品都贴在学校一进大门的宣传栏上，供同学们借鉴交流。其中，廉峰的文章题目新颖，构思巧妙，文采飞扬，开头写道："廉峰，你好，我是十七岁的你。打开此信时，你应该已成为我国研究制造航天器的技术专家了。因为，这是你十三岁时，看到苏联加加林进入太空的报道后立下的宏愿，决心为祖国的航天事业奋斗终生……"白雪喜欢这篇才思横溢的散文，更佩服这位志存高远的作者。

很快，她在学校举行的征文奖颁奖大会上看见了廉峰，这个具有现代帅哥标准的大个子男生，长方脸，高鼻梁，大眼睛，看上去很像自己喜欢的一位电影明星，那个在《战火中的青春》中饰演排长雷振林的庞学勤。白雪的心立刻被这个品貌双全的才子俘虏。时间长了，她又发现，廉峰的体育成绩亦不俗，特别是球类运动。或许是个子高的缘故，不论篮球还是冰球，他都打中锋，格外耀眼。尤其冬天，他总戴着一顶红色滑冰帽，像一道绚丽的闪电，穿梭冰场，激荡起无数颗少女之心。

彼时，一到午休时间，不管天气多冷，学校冰场上都热闹非凡。场内球员你争我抢，球杆和球杆、球杆和冰球的啪啪碰撞声，不绝于耳；场外观众欢欣雀跃，加油喝彩声此起彼伏。女生们的脸被寒风吹得通红，像熟透了的大苹果，但她们仍在那里搓着冻僵的手,呼喊着,目光随着那顶红色滑冰帽旋转不停。白雪在女生群里很是突出,个头高挑,面若玉盘,配上赫本式的明眸皓齿,连女生都想多看两眼,更别提男生了。她总是系着一条绿底黑格的头巾,站在冰场外廉峰换冰鞋的板凳旁边,直到上课铃响,廉峰从冰场出来,她才离开,只为近距离看他一眼。

四十年弹指一挥间,白雪对这份最初的悸动记忆犹新,当然,还有那份与单相思如影随形的孤独和痛苦。

高一刚结束,"文革"爆发。学校开始停课,作为"逍遥派",白雪在家待了两年,自然也没再见过廉峰。直到1968年,毛主席提出:"知识青年到农村去,接受贫下中农再教育……"他们这些高中生不得不彻底放弃考大学的理想,集体去了北大荒的一个农场,后来被组建成黑龙江生产建设兵团二师第N团。碰巧的是,两人被分配到一个连。白雪心里乐开了花,觉得天赐良机,并开始想方设法接近廉峰。比如,写了学习毛主席著作心得或者批判稿请他修改,或是发现割草的镰刀钝了,请他帮助磨光。未承想,几个月后,廉峰作为连里篮球队的主力参加了团里组织的比赛,就再未归来。他被抽调到临时组建的团篮球队打中锋,参加师里的比赛后,被留在了团部。

白雪所在连队是新建点,离团部很远,尚未修路,要想去团部,只有徒步翻过一座山,大约需要四个小时。因此,一般没什么必要,连里的人都不去团部,日常生活用品就到附近一个林场场部采购。尽管白雪心里牵挂着廉峰,很想去看看他,可一想到没人同行,心里就打怵。听指导员说,他和连长去团部开会,走到半路碰到了黑熊,多亏连长身经百战,要指导员立刻蹲下，别吱声，静静地等着那只熊从身边走过，消失在树林里，才站起身继续赶路。这种和猛兽不期而遇的故事，听起来都心惊胆战的，更别说亲临其境了。怎奈，一种欲罢不能的思念侵蚀着她的心，细密不断的痛苦和惆怅此消彼长，正可谓，此情无计可消除，才下眉头，却上心头。

白雪朦胧地感到自己爱上了廉峰，心里不免感到些许羞涩和害怕。那年头，"恋爱"二字是思想不健康的代名词，如果你爱上谁，千万不能让人知道，尤其是单相思，如若周围再有几个油盐不进的极"左"分子，必然要让你背上道德败坏的骂名，遭到众人鄙视。对白雪来说，那是一段极其难熬的日子，加之她吃不准廉峰的想法，索性陷入一种想见又怕见的矛盾心理。有两次，她决定周末去团部看他，并且已经和战友们走出连队很远，又觉不妥，便借口落了东西，中途折返。思来想去，她觉得廉峰可能根本无意于她，否则走了那么久，怎么都不回连队看看，哪怕来封信也是好的。她越想越烦，只好用拼命劳动冲淡这份情愁。她哪里知道，此时的廉峰也在思念着她，正在一根电线杆的顶端朝她的方向张望。

廉峰为团里篮球队赢得师里的比赛后，被留在团部通信班做线务员，这是他得到的意外奖励。全团几千知青，能在团部通信班工作，也算凤毛麟角了。这让他喜出望外。凭借高中物理课的基础，他没用几天就对总机室里那部磁石式人工小交换机的技术原理了如指掌，对电话线路故障的分析比其他战友清晰准确，令通信班的线路维修效率大大提高，很快就成了通信班的技术骨干。

那年初冬，震惊全国的珍宝岛事件爆发，中苏边境顿时剑拔弩张。通信班接到立刻架设战备通信线路的紧急任务,倾巢出动,和连队抽调上来的临时架线队伍一起披星戴月,在杳无人烟的荒山野岭挖坑埋杆,拉线调试,别提多辛苦了。半个月里,他们风餐露宿,没吃过一顿热乎饭,没洗过一个热水澡,夜以继日地抢修线路,终于在规定时间内让团长和师长通上了专线电话。当完成这项任务,和战友们爬到几米高的电线杆上欢呼时,廉峰将团里的山山水水尽收眼底,心中涨满了自豪感。此刻,他第一次迫切地想见到白雪,想和她分享这份胜利的喜悦。

当晚,他失眠了,满脑子的"白雪飘扬",一会儿是她站在学校冰场外,为他加油助威;一会儿是她扛着铁锹找他固定锹头;一会儿又是她……他心里明镜似的,她在向他示好。而他又何尝不倾慕这位聪明漂亮的学妹?她为他芳心暗许,他亦对她情生意动。尤其那年学校春节联欢会上,她表演的诗朗诵《太阳的话》,让他有种如遇知音的感觉,因为他也喜欢艾青的这首诗:

打开你们的窗子吧,
打开你们的房门吧,
让我进去,让我进去。
进到你们的小屋里。
……
让我把花束、把香气,
把亮光、温暖和露水,
撒满你们心的空间。

她那清脆柔美的声音,将诗人赋予太阳人的语言与思想表现得淋漓尽致,呼唤同学们敞开心扉迎接明天,树立起积极乐观的信念,走向未来。她的表演如一抹温暖阳光射进了他的心房,伴随着一股玫瑰的幽香,令他陶醉。回到家,他闭着眼睛,静静地欣赏着脑海中回放的镜头,仿佛白雪朗诵时那满怀深情,且充满希望的大眼睛一直在望着他,耳旁又响起她轻柔而富有张力的声音。他抑制不住内心的冲动,第一次尝到渴望拥抱一个女孩儿并去亲吻她的滋味。

打那以后,他不止一次发誓,将来一定要考上最好的大学,把她追到手。可下乡后,他迷茫了,未知的前路令他恍惚:要不要在这片荒野扎根下去?如果留下,究竟干什么?他实在不甘心当一辈子农民,为此不得不把感情的事暂且放一边。今天,他作为兵团通信兵,在反修前线的第一个战役中打了胜仗,有种当了战斗英雄的快感。他按捺不住喜悦,想让白雪知道,她爱的人也爱她,他亦值得被她爱。于是,他爬起来,披上棉袄,打着手电筒给白雪写信。这是他第一次给她写信,洋洋万言,全透着一个"爱"字。

第二天,天气格外寒冷,可廉峰的心却热乎乎的。吃完早饭,他便拿着那封沉甸甸的情书直奔邮局,想到白雪下午就能看到此信,心里不免泛起一股热浪,感到整个脸颊都在发烧。他决定无论如何这个周末都要回连队去看白雪,陪她一块去附近那个林场的小酒馆吃一顿。就在他想入非非之时,迎面碰上作训股股长,张明海。廉峰急忙停住脚步,主动上前打招呼:"张股长早!"谁知张股长有点反常,面无表情,像没睡醒似的,没精打采地"嗯"了一声,随后严肃地说:"跟我去办公室,有话跟你说。"廉峰只好把信放进兜里,跟着张股长来到作训股。这是他第二次走进这间办公室,上一次是团临时篮球队解散他被调到通信班工作,张股长找他做入职谈话,不知这一次有什么任务。

看着张股长的表情,廉峰右眼皮开始狂跳不止。他默默地坐在张股长办公桌对面的椅子上,一种不祥之感油然而生。只见张股长倒了一杯水,放在他面前,表情很是为难,半天才嗫嚅道:"小廉,你是个好战士,吃苦耐劳,不怕牺牲,在这次抢修备战通信专线的战役中表现不错。不过,上面下来一个文件,备战期间,要对沿江各个单位进行政治清查,特别要求保证通信机要部门的纯洁性。家庭出身问题不大,可是海外关系实在不好办,只得委屈你了。我们不得不暂时把你调到后勤处的锅炉班工作……"廉峰傻了,张股长的话犹如五雷轰顶,将他从天堂瞬间拽进地狱。他只感到耳朵嗡嗡响个不停,根本听不清领导后来说了什么。

像是一个被临时换下的演员,廉峰什么都没说,沮丧地走出作训股,睁大双眼,让强忍的泪水顺着鼻腔流进肚子,化作烈酒,撩旺了胸中的悲愤之火。他并不是第一次遭受这样的打击,早在学校期间就经历了两次"不白之冤",一次是入团,一次是报考飞行员。不过,这次的痛感远大于以前。彼时,到底还有考大学的退路,只要自己努力,凭借优秀的成绩进入一个好大学,锦绣前程并非蜃楼。可如今,完全由家庭出身左右命运,个人的力量轻若鸿毛,还有没有所谓的前程似锦?他不敢往下想,摸着兜里那封没有发出的信,心如刀绞。他连自己都成全不了,又怎能成全两个人?他不忍心让白雪与自己分担未来的那些不确定性。更确切地说,他担心白雪不可能不顾及他的家庭出身。那是以阶级斗争为纲的年代,政治压倒一切,政治面貌和出身是男女青年找对象的首要标准,谁能超凡脱俗呢?她自身条件那么好,怎么会甘心情愿找一个黑五类子女为伴侣,在飘忽不定的政治风云中提心吊胆,动荡沉浮?

初到锅炉班的日子,廉峰总是对着炉膛里的熊熊烈火发呆。他恨爷爷,干什么不好,非要当地主,活着没见着孙子,死了阴魂却附在他身上,挥之不去;还有那个大伯,去哪儿不好,非去香港……他无法改变家庭在他身上烙下的阶级符号,一种从未有过的绝望感笼罩了他。他把那封一直揣在贴身口袋里的信,连同他的希望一并扔进了炉膛。

宿命无法寻根溯源。眷侣一对,相互倾慕,却从未言明,最终彼此错过。这是一个时代性的悲剧,毁掉的又岂止一对恋人?

那年,白雪像鸵鸟一样,把自己埋在繁重的劳作中,用汗水滋润一颗忧伤的心。出其不意的是,这些本以用来抵消相思的劳动令她得到连里诸多表扬,继而获评"五好战士",组建武装连时,还被任命为女排排长。有道是"情场上失意,战场上得意",可谁又能窥见其诸多荣誉背后的蚀骨相思呢?直到有一天,连长通知她去团部参加武装排干部培训,才终于得见那个令她朝思暮想的廉峰,未承想,这竟成了彼此在兵团见的最后一面。

那是临近春节的一个中午,参加排长培训的人员陆续赶到团部招待所。一路上,白雪和另外两个排长有说有笑,踏着半尺来深的积雪,在山路上跋涉了四个半小时,于十二点之前赶到了团部。这是她被分配到那个偏远的新建连后，第一次到团部来，心情格外激动，感觉天上的太阳都在抿着嘴笑，艳光四射，照得雪地像撒满了碎银，格外刺眼又格外喜人。特别是，一想到可以看见廉峰，白雪的内心便如小鹿乱撞，既羞涩，又忐忑。

她已听说廉峰从通讯班被调到锅炉房的事，心里为他不平，很想见面后安慰对方一下。午饭后，白雪急忙从招待所食堂出来，按照预先打听好的路线，直奔办公楼后面的锅炉房。出门前，她还特意地打扮了一番，没戴那顶已经掉了毛的皮帽子，而是围了一条红色的毛线围巾，那是最近家里刚刚寄来的，母亲给她织的生日礼物。揽镜自视，眉如远山，面若芙蓉，还有那藏不住的微笑，任是无情也动人。她一边走一边抓住围巾一端往肩头一搭，憧憬着稍后相会的场面，心里甜甜的，完全不知道此时的廉峰正在痛苦的深渊中拼死挣扎。

锅炉房是一座设施十分简陋的独立小平房，里面是个套间，外间放着衣服和杂物，里间除了锅炉就是满地的煤，只见廉峰满脸煤黑，头上冒着热气，不断往炉膛填煤。看到白雪走进来，廉峰有点儿惊讶和紧张。他把炉铲递给身旁的战友小王，随后勉强地笑了笑，很不自然地问："你怎么来了？"

白雪笑着说："我不能来吗？"

廉峰有点尴尬："这里太脏了，快出去吧！"

他们来到外间屋子，白雪那对水汪汪的眼睛里满是期待，廉峰却对此避之不及。

白雪感到不是滋味，便找话说："我是来参加排长培训的。"

廉峰不疼不痒地说："哦，你当排长了，祝贺！"

她又说:"我们走了四个多小时。"

"哦,山路不好走。"

"你还打球吗?"白雪又问。

"偶尔。"他心不在焉地搪塞,始终没有看她,而透过内屋门缝死死盯着炉膛里的火。

白雪心灰意冷,大有"我本将心向明月,奈何明月照沟渠"的委屈和无奈。她没再说什么,转身离开锅炉房。刺骨的寒风夹杂着残雪,呼啸着迎面扑来,白雪的心亦降至冰点。

当晚,她辗转反侧,无法入眠。想来,廉峰心里压根儿就没她,而她却傻乎乎地异想天开,还跑上门去自荐枕席,太丢人了。越想心越痛,她把头缩进被窝,以泪洗面。后来,风传廉峰和团里一位首长的女儿好上了,白雪的心像被刀剜了一下,血流不止。痛定思痛,她开始反省自己,竟走眼看上这么一个冷酷无情、趋炎附势的小人。她一个人爬到后山,趴在雪地上放纵地大哭了一场,发狠地说:"廉峰,见鬼去吧!"就这样,白雪告别了自己的初恋,唱着"下定决心,不怕牺牲,排除万难,去争取胜利"的语录歌返回连队,那是支撑自己挺过情伤的精神力量。

失恋的白雪并没有萎靡不振,而是全身心地投入到武装排的建设上。次年,正赶上当地百年不遇的涝灾,麦收时,阴雨连绵,康拜因根本无法下地,眼看着颗粒饱满的小麦烂在水里。为了抢收足够的口粮,全连上下齐动员,连家属都跟着下地人工收割小麦。田头上插着一面红旗,上面写着"小镰刀战胜机械化"的口号,激励大家把麦田当战场。白雪所在的排有二十四个女生,作为排长,她始终干在最前面,不管自己心情多么郁闷，也不忘帮助体弱的战友。麦收期间，每天她都是第一个割到地头，即使不到地头，也是遥遥领先。但是，她从不停下来休息，而是掉头帮身旁的战友割，直到和对面的战友汇合，才和大家一起坐下来休息。她的三个班长都向她学习，全排上下互助友爱蔚然成风，不论干什么，她们排都是最先报捷，成了全连，乃至全团的标杆。

白雪的枪法打得也不错，军事演习中，五枪打出四十八环的成绩，得到团参谋长的表扬。那得益于初中时校射击队的专业训练。她成了全团闻名的屯垦戍边模范排长。1971年秋，她在连长和指导员的推荐下，作为第一批工农兵学员，上了大学，毕业后留校任教。1980年赴美国进修，回国后，潜心于东南亚政治经济研究和教学，陆续出了几本专著，成为国内外有名的国际问题专家。在白雪看来，这一切都是北大荒赐予的，包括那段鲜为人知的称不上爱情的爱情。

不过，白雪的婚姻并不像她的事业那么顺畅。尽管她的初恋尚未开始就被扼杀，可是廉峰的才华和英气却深深影响着她的择偶标准，直到三十五岁她才步入婚姻的殿堂。廉峰当然对此一无所知。同样，白雪在廉峰人生长卷中留下的墨迹，也影响着他的命运走向，而白雪亦全然不知。所不同的是，白雪一直认为他不爱她，而廉峰一直为自己没有向她表白而抱憾。自然，久别重逢后各自感兴趣的话题也就不尽相同了。

廉峰和白雪办完登机手续，一同来到候机大厅，他们选择了一个安静的地方坐下。随后，廉峰郑重其事地对白雪说："对不起！白雪。"白雪被这突如其来的道歉搞懵了，狐疑地看着对方。廉峰继续道："感谢上苍的厚爱，走进坟墓之前还能见到你,终于能当面向你道歉了。"白雪更糊涂了,不知廉峰此话何来,有点不知所措,急道:"怎么这么说!你没有什么对不起我的。"他坚持:"不!有些债看不见摸不着,更可以一笔勾销。但熟视无睹不等于它们不存在,更不会让人心安理得。"接下来,廉峰告诉白雪一个她所不知道的四十年,并让她再次沉浸在无尽的泪水中。

"知道吗?你是我心头的一根刺,想起来就疼,不是因为谁辜负了谁,而是因为我的自私和虚荣出卖了自己。"说到这儿,廉峰长长地叹了一口气,有点语塞,转头看着窗外停机坪上的飞机和来来往往的运货车。沉默了一会儿,他继续说:"还记得你到锅炉房来看我的情景吧?当时,我刚被贬到锅炉班,情绪低到了谷底,谁都不想见,尤其是你。"白雪想起那天的光景,这才明白他的无动于衷事出有因。"就在你来的前一天,我把给你写的信和我的心一块儿抛进了炉膛,当时你看到的我不过一个躯壳。"白雪的眼睛顿时湿润了,原来,她在他心里。尽管这句话迟到了四十年,仍令她神魂激荡,心头开出一朵花。纵然时光无可逆转,但苦涩的初恋已不再是可怜苍白的单相思。

廉峰的话语仿佛穿越了时光:"其实,早在学校那会儿,我就喜欢你。到了兵团,觉察到你也喜欢我,别提多激动了。可是,冷静下来,我对自己又没多少信心。我不能选择父母,而当时的社会又总是拿我的家庭出身说事儿。珍宝岛事件爆发,保卫祖国本来匹夫有责,可是,非要把我从通信班调出,不知道今后还会遇到什么不测,哪有心思谈恋爱呀!作为一个男人,连自己都不能保护,还能保护自己的女人吗?"他哽咽了,时隔多年,他还是不能释怀。"你出身好,只要努力,就立刻被肯定，被表扬，被提拔，被推荐上大学。而我，不管怎么努力脱胎换骨，都只能做个可以教育好的子女。你是不会理解我的。"

白雪没再吱声，觉得无话可说。她确实从未替他想过，也不知道他的家庭给他造成那么多的痛苦，还误认为他是个无情无义的冷酷之人，真是冤枉他了。可是，他与团里那位首长的女儿谈恋爱，攀高枝，总是事实吧？

白雪试探地问："听说，你和团里一位首长的女儿谈恋爱，确有其事？"

廉峰回答："不是什么首长，是一个现役军人干部的女儿。"接着，他讲述了自己那段五味杂陈、不堪回首的往事。

白雪离开锅炉房后，廉峰回到里间，从小王手里夺过炉铲，使劲向炉膛里填煤，泪水止不住落在煤块上。小王不解地问："她是谁？真漂亮，干吗对人家那么冷？"廉峰默不言声，真想和煤块一起投奔烈火，痛痛快快燃成灰烬。当天下午，廉峰感到浑身发冷，尽管炉火烤得他面色通红。医生说他患了重感冒，小王帮他拿了退烧药，并把他送回宿舍。

廉峰躺在炕上，小王倒了一杯水给他喂了药，又点着火炕，加了几块木头，便上班去了。此时，所有的委屈和痛苦喷涌而出，廉峰把头埋在被子里号啕大哭。都说男儿有泪不轻弹，那是未到伤心时。彼时的廉峰已经濒临崩溃的边缘，再没有一个发泄的渠道，他一定会疯掉。直挺挺地躺了两天，烧退了，他却连爬起来的力气也没有。他欠了欠身子，苍白的脸上没有一点表情，冰冷的眼睛仿佛失去了聚焦，黯淡的眼底充满哀伤。精神垮了，魂出窍了，空剩一具肉身，了无生趣。还去烧锅炉吗？烧到什么时候？与其在这里烧锅炉，还不如回连队，虽然只能到劳动排当农工,不能进武装排当战士,可跟着拖拉机播种,随着康拜因收割,在广阔的天地里干活,起码心里敞亮。

于是,他强撑着爬起来,找到锅炉班班长,要求离开这里,回连队去。班长是个四十多岁敦厚老实的老职工,他不温不火地对廉峰说:"别不知好歹,你到锅炉班是郝协理员把你要来的,好赖不用干农活,你不领情也就罢了,还要回连队,到底怎么想的?!"听了班长这番话,他才恍然,即便是这个烧锅炉的职位,没有郝协理员他也得不到。据说,这是郝协理员管辖的团部工作范围内唯一可供他上岗,而不会招致外界异议的职位。

刚好的病体一下子又虚脱了。廉峰心里更不是滋味了,烧锅炉还要感恩戴德,真不如回连队,不欠谁的。可转念一想,回去又能怎样?连长和指导员敢给自己什么工作?不管怎么说,郝协理员能站出来为自己说话,也算是个贵人了,可不能不识抬举。后来,他又听班长说,郝协理员是个球迷,在部队也打中锋,很喜欢看他打篮球。这对廉峰来说,是个不小的安慰,尤其,郝协理员是一位现役干部,被他欣赏,还真有点让廉峰受宠若惊。于是,廉峰再没提回连队的事。

一天,郝协理员把他叫到办公室,和蔼可亲地问:"怎么样,是不是觉得烧锅炉这活儿屈才呀?"廉峰急忙说:"没有,还要谢谢协理员把我调到锅炉班呢。"郝协理员说:"谢什么,线务员是党的工作,锅炉工也是党的工作,既然你是来接受再教育的,就不该挑挑拣拣,是不是?!"他又说:"你是团里篮球队的主力,回连队怎么行?!"他的话让廉峰感到这位领导亲切、可敬,值得信赖。

郝协理员是团里现役干部中岁数最长的，五十出头，虽然职位不高，但资格足够老，团长亦很尊重他。其为人也不错，比较坦荡，从不避讳自己喜欢廉峰、偏袒廉峰，还常常打电话给廉峰，让他周末去家里吃饺子，这让廉峰十分感动。是呀，对于一个举目无亲，又屡遭挫折的年轻人，突然有了这么个长者关心体贴，而且是政治上靠得住的现役干部，无异于雪中送炭。廉峰毕竟年轻，这根救命稻草出现得恰逢其时，被他牢牢抓在手里。

廉峰很愿意去协理员家，而且与郝太太也很投缘。这位山东籍军嫂，好像比丈夫年轻很多，是团部招待所的会计，长得不算漂亮，但人很白净，很精干，快言快语，一看就知道协理员惧内。不过，她对廉峰很好，视如己出，每次吃饺子都怕他不够，单独给他盛上一大碗，嘱咐自己的两个儿子不要和哥哥抢。在郝家，廉峰感受到一种久违的家的温暖。

一天，他去郝家，发现多了一个陌生的漂亮姑娘。郝太太急忙道："莉莉，快来叫哥哥。"只见女孩儿走到廉峰面前，大方笑道："廉峰哥，你好。俺爹俺娘总夸你。"廉峰明白了，这就是郝家大小姐了。几天前，他听郝太太说过在老家读书的大女儿高中毕业了，最近要来兵团工作。廉峰问她："早就听说你要来，怎么样？去哪儿上班？""去通信班总机室当话务员。"莉莉兴高采烈地回答。一听到"通信班"三字，廉峰像被针扎了一样，一种凄楚油然而生，脸上的笑容立刻僵住，少顷，还是礼貌地敷衍了一句："好哇，女孩子当话务员，不错！"打那以后，廉峰有两个星期没有去郝家。人家莉莉是革命军人家庭出身，天生就带着革命后代的光环，别说进通信班，干什么没优势！然而，这恰似一把利剑刺在他内心深处的伤口上，一种钻心的疼痛让他不想再看到她。而莉莉却对这位来自哈尔滨的帅哥一见钟情。

莉莉不是那种秀色可餐的女孩，但很有灵气，一双眼睛会说话似的。此外，她喜欢打扮，一点不像从小县城出来的女孩，活脱脱一个上海知青。她也把自己划入知青之列，上班后，就搬进机关司令部的宿舍，和知青一起吃食堂，创造和廉峰不期而遇的机会。令她不解的是，廉峰对她不太热情，仅是点头之交。母亲不是说，廉峰隔三岔五就到家里来帮着挑水、劈柴吗？可是她回来半个月了，他也就来过一次而已。于是，她问母亲这是怎么回事。郝太太也感到纳闷："或许你回来了，他不好意思来了吧！"莉莉有点脸红，急中生智道："娘，咱们今天包饺子，我给廉峰哥送去。"

莉莉站在锅炉房门口，朝里面喊："廉峰哥！廉峰哥！"廉峰听到喊声，急忙从里面出来，发现莉莉端着饭盒站在门口，有点手足无措。见状，莉莉感到心里好笑，说："廉峰哥，这是俺娘给你包的饺子。"说着，用火辣辣的眼神撩拨他，上前递上饭盒。廉峰没有去接饭盒，反而直勾勾地看着莉莉。不知道为什么，他分明在莉莉的眼睛里看到白雪走过来，用那双水汪汪的大眼睛看着他。廉峰的心被刺了一下，等到再次听到莉莉叫他的名字，才回过神来。

廉峰接过饭盒对莉莉说："谢谢你娘。"转身进了锅炉房。此时，小王走过来，夺过饭盒，不客气地吃了起来，一边吃一边学着莉莉的声音，细声细气地说："廉峰哥，廉峰哥。多温柔哇！你小子艳福不浅啊！"囫囵吞下几个饺子后，他又接着说:"做了郝协理员的乘龙快婿,你吃不了亏。他是后勤处处长的心腹,将来,装备股、供应股、运输连还不由你挑啊!"小王的每个字听起来都叮当作响。廉峰觉得这或许是他走出锅炉房的一个捷径。

那天晚上,廉峰彻夜未眠,白雪的眼睛和莉莉的眼睛交替浮现在脑海,一双带给自己甜蜜与快乐,一双则看穿了他内心的恐惧和脆弱。恍惚中,他仿佛陷入一片阴暗潮湿的沼泽,越挣扎陷得越深,泥浆淹没了他的身体,只有脑袋和手臂露在外面,就在快要窒息的时候,他猛地睁开双眼。这样的梦,反复纠缠着他,直到有一天,郝协理员打电话,叫他去家里吃饭,告诉他,已经和运输连连长打了招呼,准备调他去那里当司机。从此,他恢复了去郝家的频次,也算默认了和莉莉的关系。就这样,他把自己抵押给了郝家。

在离开锅炉房那天,小王半开玩笑地说:"我没说错吧?!攀龙附凤,你的好运才刚刚开始,以后飞黄腾达了,可别忘了咱哥们!"说者无心,听者有意。五味杂陈的廉峰苦笑着跟他告别,低着头走出锅炉房,从此,彻底和原来的自己告别,取而代之的是"郝协理员准女婿"的华丽标签。他打心眼儿里讨厌这个新身份,却又不得不维护,因为这是他的护身符。可怜的他不知道,不管这个世界怎么变化,真正的护身符都是自己的信念和意志,任何借助他人力量的后果都是有限的,甚至是徒劳的。最终,受伤的还是自己。

"你和莉莉什么时候结的婚?"白雪问。

廉峰沉默半晌才说:"计划赶不上变化。1972年,郝协理员在师部为她找了个上大学的名额,她去了上海外语学院,从此我们分道扬镳。"

"不是她追你吗？怎么会这样？"白雪不解。

"或许是上苍对我的惩罚吧。莉莉是个爱慕虚荣的女孩儿，当时喜欢我，是因为我是知青，形象不赖，对老职工子弟来说，能找个知青对象是十分体面的事。而上了大学的她，自然把目光对准了大城市里的人，更何况那是走在时尚前沿的上海。最让我伤心的是，她离开兵团后，竟然连一封信也没给我写，好像根本就没我这么个男朋友。"

"郝协理员夫妇怎么说？"白雪问。

"他们自然也不愿意女儿再返回北大荒，我是不可能被推荐上大学的，即便郝协理员再有路子和本事，我的家庭出身都是不可逾越的障碍。"

廉峰又一次陷入绝望，护身符失灵，靠山崩塌，而这一次让他不能容忍的不再是失意的痛苦，而是屈辱。他看到臆想中的美好未来，像小时候搭的巨型积木景观一样，一块一块地坍塌下来，每一块都变成"人格"二字，断裂着，扭曲着，稀里哗啦地把他埋了起来。

打那以后，廉峰开始酗酒，麻痹自己，以便暂时忘记残酷现实对他的种种不公和嘲弄。酩酊之际，脑海常常浮现白雪泪汪汪的双眸。他极度悔恨自己当初只顾掩盖自己的失意，却未曾替她着想，一个女孩跋山涉水从遥远的连队来看自己，却连句体己话儿都欠奉，实乃缺乏风度，没有担当。可以说，这份感情是被自己的懦弱和自私葬送掉的。

借酒消愁，酗饮成癖，廉峰得了严重的胃病，住进医院。出院后，他被调离司机岗位，转到修理班工作。那时，他已对工作失去兴趣，更无志向可言，甚至感到运输连这份用感情换来的工作，都是一个耻辱，很想丢弃。精神的折磨令他的身体每况愈下，更糟糕的是失眠，尚未中年就早生华发，日子过得浑浑噩噩。1977年，国家恢复高考，廉峰初见曙光。他没敢报考北大、清华、北航这样的重点大学，出身问题仍然困扰着他。最后，他填写的志愿是北京钢铁学院和化工学院，被后者录取。那年，他二十九岁，三分之一的白发，被同学们当成了老师。

廉峰的遭遇，让白雪耳旁响起柴可夫斯基的《悲怆交响曲》那低沉委婉的旋律，音乐所表达的人生哀伤、悲叹和苦恼，引起人们对命运挑战的抗争，对社会和人性的思考。白雪心痛地看着她曾经的初恋情人，心绪翻腾。本来一个好学上进的青年，却被大行其道的"血统论"害得迷失了自己，不仅失去前进的方向，还乱了做人的准则，以感情为筹码，却将自己的幸福碾得粉碎。

"后来呢？"白雪问。

廉峰看了看她，重复着白雪的话："后来……后来就是四年大学生活，尽管身体欠佳，失掉了半个胃，但是，我还是以优异的成绩毕业。"

听到这儿，白雪又一阵心酸，她能想象出廉峰是怎么拼命才考上的大学，又是怎么在大学里拼命用功，以追回逝去的时光。即便如此，他仍无法为自己曾经树立的远大理想而奋斗，只是寻求一个相对好些的生活出路罢了。不过，对此廉峰已经知足，与那些没考上大学，留在兵团或者返城待业的同学和战友比，他当属幸运儿，尽管而立之年还只身一人，但事业上总算有了方向。

老子说得好："祸兮，福之所倚；福兮，祸之所伏。"受尽磨难的廉峰意志格外坚强，尽管大二上学期因胃穿孔手术在医院住了一个月，他却没有落课，靠自学跟着班级前行，赢得同学和老师的敬佩。毕业时赶上国家改革开放，他在香港做生意的大伯，就是那个让他曾经恨得咬牙切齿的海外关系回老家探亲，看到国内的大好市场，在深圳建立了分公司，要他进入家族企业，联手振兴廉氏家业。真可谓三十年河东，三十年河西。

让廉峰震惊的不是大伯的财富，而是他的爱国精神和对家族的责任。这么多年，他脑子里的伯父始终是个青面獠牙、剥削穷人、仇恨祖国的敌人，没想到他所看到的竟是那么温文尔雅、举止有度、和蔼可亲的老人。他为这些年由于自己身居海外给兄弟姐妹带来的灾难而深感歉意。他出钱修了祖坟，还给当地捐了一所小学。自然，廉峰父母和两个姑姑的家庭都因伯父的归来，经济上得到了改善。最令周围邻居羡慕的是，伯父出钱送没上大学的侄男外女们去技术学校培训，帮他们解决就业问题。

廉峰毕业后，毫无悬念地进入了伯父公司的深圳分公司，一年后调入香港总部。他的聪明才智得到了伯父的认可和赞赏，很快成了公司国际业务的主力，奔波于世界各地的化工市场。他说："近几年岁数大了，跑不动了，就落脚在泰国的分公司，边照顾这里的业务边养老了。"他说得很轻松，但只字不提他的家庭。

白雪到底是女人，还是忍不住问："那么，你的家也在曼谷？"

"不在曼谷,在春武里的海边,那里的天气比曼谷凉爽。"他说。还是没有白雪感兴趣的信息,她也不便再问,怕又触及哪根让他伤心的神经。

廉峰看出对方的心思,淡然道:"哦,我太太是泰国华人,是我伯父公司的雇员。我们在工作中彼此相识,二十年前结的婚,有个儿子,今年去北京大学留学了。"一提儿子,白雪发现廉峰脸上的皱纹跳起舞来,眼睛也亮了。北大是他从小就心驰神往的圣殿,如今由儿子替他实现了这一梦想,也算得偿所愿了。

开始登机了,他们提着行李走向登机口。廉峰的座位是商务舱,白雪是经济舱,他们不得不暂时告别。

白雪坐在靠机窗的座位上,看着茫茫云海,思绪万千。廉峰的遭遇,虽未想到,却能感同身受;而四十年来,他对她最想说的话是"对不起",则完全出乎白雪的意料。她突然感到这位白发苍苍的老廉峰比当年的那个帅哥中锋更可爱。四十年,社会发生了天翻地覆的变化,他们那一代人从盲目追求理想社会的幻梦中醒来,面对残酷的市场竞争,看着商品和金钱驱动着时代的波澜,原有的信仰被彻底摧毁,精神世界倒塌,在物欲横流的现实中挣扎,有谁还在意一份过去的情债呢?

可是,廉峰例外。兵团的日子,他曾经受到过那么多的不公和磨难,可他并不抱怨他人,而是反省自己,为自己无奈之下的错误举动忏悔不已。大学毕业后,置身商海三十多年,做的是买卖,经营的是人脉,而他还是那么真诚,那么纯粹,令人感动。白雪望着窗外那些运动的云朵,心潮起伏,仿佛云朵中正上演着一场热火朝天的冰球赛,一顶红色的帽子穿梭于人群，所到之处喝彩飞扬……

原来，在她心中，他始终都是那道绚丽的闪电，永远，永远。

此时，商务舱里的廉峰也在张望窗外，平静地看着一朵朵白云从眼前掠过，带着他多年的心结渐行渐远，脸上露出一丝笑容，心里说："白雪，我爱你！"

2017年1月4日写于曼谷巴黎岔小区

钱教授家的保姆

老伴走了,钱教授悲痛欲绝,衣来伸手、饭来张口的日子彻底结束,不知今后的日子该怎么过。女儿从美国回来奔丧,因工作太忙只能逗留两周。她和父亲商量,希望带他一起走,免得惦记。钱教授执意不肯,他知道去了那边会是什么样的日子,尽管早年亦曾留美,英语不成问题,可已经八十四岁的他又能干些什么?连个说话的人都找不到,更别提找到对脾气的桥牌搭子了。拗不过父亲,女儿索性为他请了一个保姆,匆匆离开。

保姆是一个四十多岁的农村妇女,刚从西北出来没多久,人倒是朴实得很,只是做出的饭菜实在让这位江南大户出身的教授无法接受,没两天就被辞退了。钱教授自己去家政公司找了个有经验的,五十岁出头,曾在企业里当过会计的城里人。这位保姆,钱教授一照面儿就打心眼儿里喜欢,别看她个头矮小,却显得精干,白净的脸上总是挂着微笑,一口一个"教授"叫得他心里热乎乎的,像是身边来了一个崇拜他的女学生。保姆落落大方地自我介绍:"我叫方丽娟,辽宁人,您就叫我小娟儿吧!"钱教授把小娟儿带回家,像换了一个人似的,往日蹒跚的脚步轻快了,本来不愿下楼的他,每天都让小娟儿陪着去什刹海遛弯儿,精神矍铄,满面红光,感觉自己年轻了十岁不止。

小娟儿的表现也不错,除了房间收拾得差一些,买菜、做饭、洗衣都尚可，虽然她不会做甜口的南方菜，可会按摩，晚上给钱教授按按脚、揉揉肩，让这位父亲般的主人别提多高兴了。为了讨这位老人的欢喜，她还有模有样地从书架上取下钱教授写的专著《电子电路》认真翻看，带着崇敬的口吻道："钱教授，要不是生不逢时，真想做您的学生。"说着，还把书递给老人说："您给签个名，送给我做纪念吧！"已经多年没有学生上门的钱教授突然找回了二十年前的存在感，欣喜若狂地接过书，哆哆嗦嗦在扉页签上了自己的大名，乐呵呵地说："没想到你还这么上进，要是早三十年，我一定收你做我的研究生！"小娟儿接过书，心里十分得意，对搞定这个东家充满信心。

钱教授的日子过得有滋有味，大洋彼岸的女儿却牵挂不已，每次电话问候，父亲越是说"很好，不要惦记"，她越是觉得对方是怕她担心，在糊弄她。转眼半年过去了，女儿实在放心不下，等孩子一放暑假，便带着儿子飞回北京。

她事先没告诉父亲，希望给他一个惊喜，没想到她的钥匙怎么也开不开门，遂只好按响了门铃，开门的则是穿着丝绸睡衣的小娟儿。钱小姐以为自己走错了房间，抬头看看门牌，发现没错，202，急忙问："你是谁？""我是钱太太，你是？"钱小姐没有丝毫思想准备，呆呆地站在那里，不知家里发生了什么。此刻，她身旁七岁的儿子忍不住了，不客气地冲着小娟儿说："你胡说，我外婆已经死了。"

房间突然变得异常宁静，卧室内传出钱教授的鼾声。

2017年4月发表于《微园》第一期

灰色母子

李婕伤心地走了，不是因为婆婆，而是……

恋爱时，她知道张明是单亲家庭长大的独子，十分孝顺。一次，他们一起去看电影，回家路上，他绕道唐人街的"林真香老铺"给母亲买了一块腊肉，说："我妈是湖北人，最爱吃腊肉炒年糕。这里的腊肉味道正宗。"她十分感动，觉得这么有孝心的男人一定有家庭责任感，很高兴与其交往。可是，她奇怪，两年多了，张明从不请自己去他家。直到谈婚论嫁，他才说："去见见我妈吧，不过你要有思想准备，她很爱我，甚至有点儿溺爱，千万别介意。"她能理解，一个早年被丈夫抛弃的女人，千辛万苦地把儿子养大，别说溺爱，就是恋子也情有可原，并表示一定要和他一样孝顺，用自己的爱去感化和温暖老人的心。

李婕很兴奋，不知道怎么打扮去见未来的婆婆才得体，翻遍了衣柜，最后选择了一件蓝色小花的布质连衣裙，觉得深色调显得稳重，不会让婆婆挑剔。她开着车，特意去唐人街为老人买了一块腊肉、两斤年糕后才赶去约定的地点。

一进张家门，李婕立刻被眼前的女主人惊呆了。她脑海里盘旋已久的，沧桑、慈祥、朴素的湖北老太竟是一位打扮入时、穿着靓丽的中年妇女，尤其那张浓妆艳抹的脸，很难看出她的实际年龄。要不是肚子上那堆难以掩盖的赘肉，说她三十几岁也有人信。张母见李婕有点吃惊，不知是有意还是无意，带点挑衅意味道:"李小姐,没想到吧,小明妈妈并不老!"李婕感到这话不对味,急忙道:"是,伯母,您既年轻又漂亮。"张母没有搭理她,而是坐在院子里的摇椅上,若无其事地晃来晃去。李婕很尴尬,知道自己不受欢迎,有点忐忑。张明见状,急忙走到李婕身旁,小声道:"别在意,我妈就这样,别理她。"

李婕明白了,为什么张明一直不敢带她来家里,有这么一位母亲,哪个姑娘受得了!不过,她没退缩,而是想天下母亲都爱儿子,她只是怕失去儿子罢了。我要让她感到,她不但拥有儿子的爱,还会多一份儿媳的爱。于是,她把张母的态度放在一边,跟着张明参观他家的庭院和房子。这是张父为母子俩买的,却从不来看望他们。此时,李婕有点清楚张母的孤独、寂寞都是从哪里来的了,以及儿子在她心里占据的分量。

可李婕并不知道,她只猜对了一半,在所谓母爱背后其实深深埋藏着一个女人对一个男人的异常渴慕。长得酷似父亲的张明总能引起张母与丈夫在一起时的美好回忆。久而久之,她甚至希望儿子替代丈夫的位置,以变相满足其对异性爱慕的饥渴。她让这个意念秘密地停留在潜意识里,茁壮成长。正是这个"邪念",令她嫉恨所有与儿子接近的姑娘,只要有女人上门,她就怀恨在心,千方百计阻挠儿子与其交往。十几年来,张明已经习惯母亲的怪异行径,却从未怀疑她的灵魂如此扭曲,只单纯认为母亲不过是怕失去孩子。这次和李婕谈恋爱的事,张明索性对母亲封锁消息,同时给李婕打足预防针,希望她能接受一个爱儿子过了头的母亲。

李婕是个明事理的姑娘,并没有因为张母的无理取闹而离开,特别是看到男友因孝心而默默忍受母亲的任性时,甚至更加心疼他，竟然头脑发热，决定仗义地嫁给他，妄图用耐心、爱心和时间建立一个相对美好和谐的婆媳关系。

李婕显然低估了婆婆的能量，结婚两天，就败下阵来。最让她恼火的是，洞房花烛夜，婆婆高喊胃疼，惨叫不止，把儿子牢牢拴在她的房间，生生让新娘独守一夜空房。第二天，婆婆又打扮得花枝招展要儿子陪着自己去看大夫，足足折腾了一天。晚上，她又故技重演，缠着儿子不放。张明也觉得母亲过分了，决意去陪妻子，可一声声的尖叫令人心烦意乱。无奈之下，张明还是去了母亲的房间。

毋庸置疑，这位婆婆绝非一般的恋子情结，而是心理畸形、精神错位。李婕要求丈夫带母亲去看神经科大夫，可张明并不认为母亲有病，只说："母亲是世界上最爱我的女人，我也爱她。让我们一起爱她！"

李婕崩溃了，原来丈夫孝心深处埋藏着如此强烈的恋母情结。她痛苦至极，不知如何正视这对母子。她突然发现，三个人的婚姻好拥挤……

2017年4月发表于《微园》第一期

足迹

山西王家大院：一次拨动心弦的文化巡礼

从山西回来，耳畔总回响着导游小姐的那句开场白："十年看深圳，百年看上海，千年看北京，三千年以上看山西。"细思量，这话还真不是忽悠，围绕其简称"晋"，就有讲不完的历史故事。

"晋"又称"三晋"，指的是战国时期赵、魏、韩三国的合称，作为地理名词，指这三国的故地。中国历史上第一个奴隶制国家政权夏朝就建立在晋南。家喻户晓的"大禹治水"说的就是治理流经这里的黄河。这位治水英雄的儿子——启，是夏朝的第一位天子。因此，山西是中华民族的发祥地之一，被誉为"华夏文明摇篮"，素有"中国古代文化博物馆"之美称。可现代人一提到山西，首先想到的则是"煤老板"，不免有些荒诞。所不同的是，即便那里的煤老板富到流油，也很难抹去那个地域带给我的贫穷落后之印象。

20世纪70年代中期的一个春季，我在晋南的一个国家级电信技术研究所进行大学毕业实习，每日三餐，除了玉米面窝窝头，就是高粱米饭，20%的细粮供给量，只能偶尔吃一顿面条，改善一下伙食。三个月下来，我对食堂充满恐惧，胃病由此而得，缠绵半生。记得一次在食堂吃饭，带队老师十分感慨地说，三千年前，周代的晋国由此地崛兴，晋文公成为春秋五霸之一，这里曾是中国历史上最发达的政治、经济、文化中心。

当时，我根本无心听史，更未领会他为何说起那么久远的战国，只觉嘴里的窝窝头难以下咽，便脱口而问："盛世时期的晋人都吃什么？也是玉米面窝窝头和高粱米饭吗？"老师一时语塞，进而哭笑不得。只见他默默盯了我一会儿，一句话没说，端起饭盒就走了。我深知失礼，后悔莫及。现在想来，作为吃惯米饭的南方人，老师嘴里的窝窝头一定比我这个东北人嘴里的更难下咽。他不过是借由谈史化解一下那种不可名状的伤感：在一个具有显赫历史的旧地，吃口细粮居然都如此困难。

时光荏苒，四十年后，我再次踏上这块土地，思绪万千。遗憾的是，我的那位恩师已于三十年前辞世，并未有机会看到这个曾让他感慨万千的地方有了翻天覆地的变化。特别是这里丰富的文化遗产和秀美壮丽的自然景观已经得到充分的开发和利用，成为全国人民参观游览的胜地和习得中国传统文化的博物馆。目前，山西境内有四十九个国家A级风景区，其中，平遥古城、云冈石窟和五台山被列入世界文化遗产和文化景观。不过这次入晋，最令我震撼的并非上述几张"名片"，而是那片静静坐落于灵石县静升镇的王家大院。更确切地说，是王家城堡。其占地面积十五万平方米，与北京故宫规模相当。

王家大院地处晋中盆地南端，东挽绵山，西望汾河，北靠黄土高坡，南面是一片葱茏的田畴，背阴抱阳，背山面水，因山构筑，依山重叠，层楼叠院错落有致，凭借山势使平面空间结构立体化，由西向东，从低到高，逐渐扩展，修建了"三巷""四堡""五祠堂"等庞大建筑群，以其古朴独特的造型、宏伟壮观的气势和精美绝伦的装饰，彰显着横跨明清两朝、纵横驰骋于南北商埠、叱咤风云于大千世界的晋商雄风，散发着三晋千年文化的深厚底蕴和"学而优则仕""学而优则商"的书香韵味。其中，供游人参观的只是这个大院的两个分院——红门堡和高家崖堡，占地面积45000平方米，有大小院落123座、房屋1118间，是王家大院保存最为完好的建筑之精华。尤其是高家崖堡，是其十七世孙王汝聪、王汝成兄弟兴建于嘉庆十年，也就是1805年的一组建筑群，面积11728平方米，院落26座、房212间。作为游人，一个上午的时间，亦只能走马观花，在惊叹和震撼中蜻蜓点水，意犹未尽。不可想象的是，我所看到的这些尚不到王家大院真实规模的五分之一。难怪王家大院被世人誉为"中国民间故宫""华夏民居第一宅""山西的紫禁城"。而国际知名学者、清华大学教授王鲁湘先生在参观完大院后徒生感慨："王是一个姓，姓是半个国，家是一个院，院是半座城。"恰如其分。

此前，从网上众多介绍中得知，晋商大都"以商贾兴，以官宦显"。这次参观王家大院，亲眼见证了这一点。作为晋商中的一大望族，第十四代子孙王谦受、王谦和借助贩卖骡马的优势，向朝廷捐献了二十四匹军马，又为朝廷广筹军粮，被康熙封为四品官。自此，王家开始向官场迈进。清朝时期，家族做官之人多达一百零一位，最高级至二品。难怪，王家大院的建设在各方面均表现出士大夫之家的风貌与气度，官气、文气多于商气。如果说此前从电视和网络上看到的信息，让我了解到晋商曾称雄国内商界五百年，创造了亘古未有的世纪性商业繁荣和灿烂的商业文化的话，那么这次参观王家大院，则让我深刻领悟他们之所以能打破"富不过三代"的魔咒、辉煌五个世纪的奥秘。那就是这个家族拥有一种注重精神传承和文化濡染的家风，并建立了以儒家思想为核心的家庭文化和为人做事的准则,并且世代坚守。

如十六世祖王廷璋创建的五言家训为:"凡语必忠信,凡行必笃敬。饮食必慎节,字画必楷正。容貌必端正,衣冠必肃整。步履必安详,居处必正静。做事必谋始,出言必顾行。常德必固持,然诺必重应。见善如己出,见恶如己病。凡此十四者,我皆来深省。书此当坐隅,朝夕视为警。"逐字细品,发现在各宅院、书院和祠堂里看到的木刻、石刻、匾额和楹联所表达的寓意都渗透着此家训的核心价值观。可见,王氏的育人思想和文化传承意识一脉相承,他们共同建造了一个充满中华千年优秀传统文化气息的生活环境,潜移默化地熏陶着世代子孙,激励其好学上进、律己修身、识礼守制、诚信为本、言行一致、从善如流,引导他们在一条既定的人生道路上有所作为,不断推动、促成家族兴旺发达。

我犹喜王家大院的建筑风格,更欣赏院内匾额、楹联营造出的文化气氛。40年来,也算走南闯北,名胜古迹瞻仰不少,却还未见过哪处拥有如此多的匾额楹联。走进王家城堡,有门就有匾额,有院就有楹联,甚至同一个院的一座两层小楼,楼上楼下的门头都各有各的匾额、楹联,让人目不暇接。如果有喜欢书法的游客,更不枉此行,这里的匾额、楹联可谓是书法名家的风云际会,几乎可以寻遍所有字体。兴奋之余,甚觉得自己才疏学浅,招架无力。且不说一些篆体匾额、楹联完全看不出究竟,就是清晰可辨的正楷也遇不少生字难字,只好囫囵吞枣,有点惭愧,倍感华夏文化的博大精深。同时,亦为院主人的高雅品位和深厚的文学修养拍手叫绝。

客观地讲,大部分匾额和楹联的寓意尚好理解,且有一种发人深省、催人奋进的感觉。例如，匾额题字"澡身浴德"，即洁身自好，沐浴在道德之中，指导家人加强品行磨炼，使身心保持纯洁。如果今人也能在家里悬挂此类匾额，是不是官场上就能少些乌烟瘴气、商场上就会少些坑蒙拐骗？再比如，楹联上提"世事如棋让一步不为亏我，心田似海集百川方见容人""宽宏大量肯吃亏不是痴人，寡欲清心能受苦方为志士"无不是劝告人们应心胸开阔，能让则让，宽以待人，如海纳百川。若在工作和生活场所多见此类"标语"，少些争先恐后、战无不胜、当仁不让这样的充满火药味的竞争标签，抱怨情绪和仇富心态是不是也能偃旗息鼓？

此外，在王家众多楹联中，有两幅警示后代的楹联让我流连忘返，思绪万千。一幅是东院，敦后宅大厅的楹联，也是第十七世孙清正五品奉政大夫王汝聪的治家理念："铭先祖大恩大德恒以礼义传家风，训后辈务实务本但求清白在人间。"全联训教子孙不忘先祖恩德，要以礼义传家，保持人格清白，不要脱离实际，好高骛远。第二幅是中院，凝瑞居大厅外的楹联，也是王汝聪的弟弟正四品中宪大夫王汝成推崇的思想："先祖先贤成由勤俭败由奢岂敢相忘，后世后学幼当教养老当敬首在言行。"全联深入浅出地教育后辈，不要忘记先祖勤俭立业的根本，要世世代代言行一致地遵循敬老爱幼的美德。边看边想，正是有了先人提供这种文化的滋养，家业才后继有人，可持续发展，不仅产业越来越大，官也越做越高。想来，王家的孩子怎么也不会说出"我爸是王刚"这样的妄语。

王家重视后人教育，私立学堂的名称都颇为讲究——养正书塾，就是告诉后辈这是修养正道的学校。而学堂的竹门石雕，更是别具匠心。门框由上下左右四块青石雕刻而成，接口都巧妙地设计在竹节处，底部青石雕刻成竹根盘结形状。主人希望孩子们打基础时要扎扎实实，做人则要踏踏实实。两边刻的是青竹，竹子空心，且一节比一节高，主人是企望孩子们效仿竹子虚心向上，同时也愿子孙们的生活与事业像竹子开花节节高。门框顶部雕刻的是松竹梅岁寒三友，且喜鹊跃然其上，主人是希望后代通过十年寒窗苦读考取功名，引来喜鹊报喜，同时告诫他们要学习松竹梅的高风亮节。不过书塾一道门，却涵盖了主人对后人的全部期许。而孩子们则通过这样一个寓意深刻的校门，更加清晰学习的目的和目标。

自晋地返京数月，王家大院的匾额和楹联始终于脑海挥之不去。一天，我在地铁站等车，某山西旅游公司的广告冲进我的视野：一幅中国传统宅院的水墨画上，写着醒目的一行字"王家归来不看院"。借由灯光的处理，画面色彩美不胜收，刚劲有力的毛笔字显得格外霸气。若非曾亲临其境，绝不会有如此动容。我凝视着用写意手法勾勒出的微微翘起的房檐，想看到檐下悬挂的匾额，但没有。设计者更多地运用国画那种虚实结合的技法，令宅院影影绰绰出没于云雾之中，给看者留下无限的遐想空间。

突然，视线被进站列车切断了。神游归来，我不禁自嘲地笑了笑，走进车厢。

发表于2016年9月15日泰国《世界日报》湄南河副刊

吴哥：夕阳尽醉时，她在丛中笑

游吴哥的想法成形多年，直到这个夏天才付诸行动。虽然此刻并非游柬的好时节，但天公作美，除到达暹粒当晚大雨滂沱，苦了送我们往酒店的嘟嘟车小伙儿，其他时间天空清朗，气温虽高，却并不影响好心情。

与来此处的所有游客一样，由衷感谢法国植物学家亨利·莫哈特（Henry Mouhot），是他无意中发现了这座沉睡于丛林四百余年的神秘古城。否则，不知我们还要等到何时，才能有眼福一睹这个11世纪前后真腊人建造的壮丽神庙，以及那些精美绝伦的石刻与浮雕。说来，这也是柬埔寨人没有史记的悲哀。世界上首部柬埔寨史是中国教授陈显泗先生写的《柬埔寨两千年史》，1990年出版，即使柬人根据这本书的记载了解了吴哥王朝，然而要找到暹粒城也并不容易，时间上仍晚于法国人的发现一百余年。

为了能在有限时间尽览吴哥的经典艺术，我提前做好攻略，列了一份景点名单，交给嘟嘟车司机。首先要看的自然是印在柬埔寨国旗上的那个象征符号——吴哥窟（Angkor Wat），也称"小吴哥"。这是古城遗迹中最壮伟的神庙，亦是柬埔寨人的精神高地。

清早，嘟嘟车已在酒店门口等候，憨厚的司机招呼我们上车，便驱车前往吴哥寺，驶进寺庙的护城河区域，远远目及寺内五座高塔——我震惊了。这哪里是寺庙，分明是宫殿嘛！水天一色的护城河，足有二百米宽，几乎是紫禁城护城河宽的三四倍，载着天上的朵朵白云，静静围着城墙内的塔群。难怪吴哥窟占地面积一百九十五万平方米，仅护城河就有百万平方米，说是"世界最大庙宇"，绝非浪得虚名。

据我先生介绍，吴哥王朝持续了六百余年（公元802年～1431年），前四百余年发展势头很好，国力逐年增强，财力雄厚便开始对外扩张和修建寺庙。吴哥寺是11世纪的君主、信奉印度教的苏利耶跋摩二世为自己修建的寝宫和陵寝。因此，它与传统寺庙不同，坐东朝西，规模宏大，建筑奢华，足以证明当时王朝的富有和昌盛。先生说："到12世纪，吴哥王朝进入鼎盛，其疆域包括今天的泰国、老挝、缅甸、马来半岛、越南和中国云南的部分土地。彼时的柬埔寨是称雄东南亚的高棉帝国。"这实在出乎我的意料，此前，真是小看柬埔寨了。难怪我在泰国、老挝和缅甸都见过与此处雷同的古迹，原来都是吴哥王朝的文化留香。

进入吴哥寺，首先要通过一条长约五百多米的引道，跨过护城河，穿过城墙山门和一片草地，方能抵达庙宇。护城河边的引道口，两对巨石雕刻的七头眼镜蛇神（Naga）和体大如象的沧桑狮雕立于两旁，威严肃穆，令人敬畏。远远望去，只能看到吴哥寺围墙上面的三座残塔，这让吴哥窟显得神秘，又似乎有点遥不可及。引道由大石块铺就，有十多米宽，随处是拍照的游人，虽有点逆光，无碍人们的高涨热情。

跨过护城河，看到内岸与围墙还有三十米左右的空场。驻足环视，遍地美景，不由叹服设计者必是一位料事如神的智者，早早为千年之后来此采风的游人预留了一处绝好的取景空间。

进入围墙山门，也就是正面三座塔中间最高的那扇门，惊奇地发现三座塔门由二重檐双排石柱画廊连通，左右望去，一道道石门彼此相套，深长悠远。门旁、墙上、顶棚，精美的雕刻俯首皆是，浮花浪蕊、玉体横陈。走过长廊，两侧墙上成群结队的女神翩翩起舞，婀娜多姿，其曼妙的发型、华丽的装饰、欲盖弥彰的纱裙，无不惊艳得使人流连忘返。

穿过围墙山门，展现在眼前的是一个八十多万平方米的绿色广场，寺庙建于中央。山门到寺庙的三百米引道高出地面一米多，由七头眼镜蛇神之身作为护栏，每隔百米，左右各有一个出口，出口台阶护栏末端是两个舒展的七头眼镜蛇神头造型，可谓匠心独具。引道的两侧各有一座颓败不堪，却彰显残缺之美的建筑，据说是两个藏经阁。在它们和庙宇之间，各有一片荷塘，犹如两面镜子，倒映在水中的吴哥窟塔身被深绿色的荷叶托起，粼粼波光掩映下，美不胜收。试想，如果赶在荷花盛开的时节，一定又是一番绚丽绝景！

登上吴哥寺的第一层台基，立刻被回廊里环绕整个吴哥窟、长达800米的浮雕壁画吸引。神与魔之间的战争在这里进行了八九百年，诸神和他们的战士们仍旧英勇，站在战车上、骑在马背上，拉弓搭箭，举盾拼杀，正义与邪恶在这里交火，而浩浩荡荡的援军前赴后继，源源不断。尽管我对印度教神话知之甚少，更叫不出神魔的名字，但其夸张的造型和精湛的雕艺让我叹为观止，栩栩如生的宏大战争场面甚至营造出一片兵器相交的厮杀声，萦绕耳畔。

当我们爬到吴哥窟的第二层台基，又看到一个方形回廊，四角转折处的四座神塔簇拥着巍然矗立的主塔，象征着印度教的宇宙中心——须弥山。在这一层，随处可见被称为"天堂舞者"的仙女——阿普沙拉（Apsara）的雕像。她们个个胸脯丰满，腰肢纤细，裸露上身，下着纱裙，颈围璎珞，胳膊、手腕、脚脖的装饰繁杂，仪态万千，精美别致。可以想见，陵寝内有数之不尽的美女作陪，亡君自然不会感到寂寞无趣。想到另一位伟大君主——秦始皇，死了还要千军万马如影随形，真没苏利耶跋摩二世会享受，足见其，雄心万丈，情商有限。

爬到第三层台基，就到达距广场地面六十五米的主塔至高处——苏利耶跋摩二世的陵寝，吴哥窟的神圣祭殿。所以，高棉人也把吴哥窟称为"葬庙"。据说，吴哥窟所用的石块数量比埃及大金字塔还多，前后历时八九十年，致使苏利耶跋摩二世死后五十年才得以安葬于此。

从小吴哥出来，行至大吴哥，即古城中心巴戎寺（Bayon），这里是著名的"高棉的微笑"所在地。新奇的是，以往看到的佛像眼角皆是低垂的，半睁半闭，名曰"二分观世间，八分观自在"。而这里的五十四尊巨型四面佛，则有的闭眼，有的半睁半闭，还有睁眼的。细看，于不同视角观佛，其眼目状态各异，忽而垂下眼帘，忽而二目圆睁，妙不可言。佛面的微笑亦不同，浅淡的、宁静的、神圣的，那神韵只能意会，不可言传。据说这两百多个佛面都是按照当时君主阇耶跋摩七世的形象塑造的。这位把吴哥王朝推向顶峰的统治者，微笑地守望着这片土地，见证着尘世的百年巨变。虽然在岁月的涤荡下那些佛塔满目疮痍，但是那些微笑面容流露的悲悯、宽容和嘲讽仍然活灵活现，仿佛这一切都在他的意料之中，让观者感到敬畏和赞叹。我想波尔布特肯定没看过这么动人心弦的"高棉的微笑"，否则，怎还会炮制出那不寒而栗的琼邑克万人坑！

出了巴戎寺，嘟嘟车司机把我们带到塔布伦寺（Ta Prohm），这里洋溢着一曲树与庙的爱情绝唱。这些参天古树用它们粗大的香槟色气根将古庙紧紧拥在怀中，深情地吻了几百年。庙对树的依恋也同样强烈，羞涩地依偎在气根里，躲避风雨的侵蚀。透过缠于庙身的万缕藤蔓，我看到墙上的阿普沙拉们依旧美丽妖娆，不由想起《聊斋》中的《画壁》一节，突然甚是理解朱举人为壁中神女倾心赴死的决绝。

当然，这里的景致并非全部唯美浪漫，也有一些榕树气根被时间惯坏，成了巫根，肆意地骑在墙头、卧在墙底、伸进庙里、沿着回廊蜿蜒，顺着庙内小路伸展，像巨蟒、魔爪、毒蛇，侵蚀着庞大而无助的建筑，令人叹息。寺内，无人问津的老树与建筑相依为命，存续下来，难舍难分，视彼此为生命中的唯一。此处是吴哥古城胜景中最为别致的一个，而面对如此残垣断壁却又暗藏生机的古寺，让人不得不为认养该寺的印度专家点个赞，他们用杰出的智慧在保护古树和修缮古庙中达到平衡，为看客展现了一幕与众不同的属于树与庙的爱情悲喜剧。

两天内，我们走马观花，游览了暹粒的大部分景点，还去了距暹粒城二十五公里外的女皇宫（Banteay Srei，可译为"女人城堡"），又称"班迭斯雷寺"，据说是柬埔寨的三大圣寺之一。不过，亲临其境却发现其与想象中的皇宫规模大相径庭，称其"圣寺"，也是个迷你型的。其庙门的高度一层比一层矮，最内侧的主庙大门高度只有一百零八公分，出来进去都要低头哈腰，而这恰恰是此寺设计者的初衷——信众膜拜、俯躬屈膝、心瞻仰圣、一秉虔诚。与吴哥城内建筑不同的是，此庙的建材取自附近荔枝山的大块红色沙石岩,其赤红的色彩和精美的浮雕相得益彰。花一个小时专程而来,倒也不虚此行。至于当地人为什么习惯称这里为"女皇宫",是因神庙中央刻有许多"阿普莎拉"女神像而得名。

  回暹粒的路上,脑海里像过电影般,一座座古庙、一幅幅浮雕,回味无穷,激荡的心情已非"吴哥太美"四字可以概括。我看到的不仅是结构奇特、色彩神秘的建筑,还有对这个不足千万人口的贫穷国度的全新认知,同时,也看到了自己内心的浅薄。长久以来,无论足迹行至哪里,作为炎黄子孙的我始终摆脱不了骨子内"大国优越感",因为我们拥有长城、拥有故宫、拥有兵马俑、拥有敦煌壁画,更拥有悠悠千载的辉煌历史文化,难免会小觑周遭弱小的民族或国度。就如"柬埔寨"三字,在国人心中简直就是"落后"的代名词,如今,耳濡目染这几乎令人目眩的奇景,终于知道了自己的狭隘、无知,和一种滑稽的狂妄。

  傍晚,回酒店的路上,我们途经吴哥窟的西门,看到艳丽的霞光洒在护城河外的草坪上,到处都是野餐的暹粒人。情侣们相依相偎,亲密无间;一家人围坐一圈,有说有笑;孩子们奔跑嬉戏,喜不自胜;还有一些人躺在钢架摇床内仰望晚空,悠然自得。这是一幅我能想到最浪漫、最完满的画面。从千年古刹穿越回来,筋疲力尽的双目顿时塞入这股现代清新的清流,整个人豁然开朗,心旷神怡。

  此刻,远处的吴哥寺因影影绰绰,更显奇幻,待到夕阳尽醉时,她在丛中笑。

发表于2016年11月3日泰国《世界日报》湄南河副刊

瓦城：再贫瘠的土地也会开出难以置信的花朵

早就有所耳闻缅甸是个极具魅力的旅游胜地，仅看网上发布的纷乱游记和图片，已令我心驰神往。尤其是千姿百态的蒲甘塔林，完全是一幅鬼斧神工的绝美油画，置身其中犹如陷落童话世界，辨不清天上人间。而曼德勒的大皇宫和碑林亦充满震撼，虽不如自然景观来得奇绝，但底蕴深厚的人文意味带给看客，则更多是一种一切尽在掌握的淡定与端庄。

曼德勒又叫瓦城，由于盛产红蓝宝石，因享有"宝石之城"之美誉。它是缅甸的第二大城市，最后一个王朝的都城，存留着丰富的文化遗产、名胜古迹，繁荣的宝石市场更吸引着来自世界各地的游客和收藏家。

一如中国的故宫，曼德勒的大皇宫亦是游客不容错过的主打景点。令中国游客倍感亲切的是，这座建于18世纪的缅式宫殿竟与紫禁城的布局十分相像，整个宫殿由高高的红色宫墙围起，墙外是宽阔的护城河，将宫城与外界隔开；宫内，议政大殿、后宫寝室、亭台楼阁应有尽有。不同的是，宫内还建有各种庙宇，宫墙上没有四个角楼，取而代之的是沿围墙每隔二百米建了一座塔楼。宫墙和塔楼倒映在水中，随波荡漾，景色宜人，很多游人驻足留影，眷恋不已。

驻足宫内的瞭望塔顶，皇宫全貌尽收眼底。第一感觉，其建筑风格颇似泰庙，房檐嵌着金边，火焰般向上缭绕，不过房顶的层叠比泰庙更多更高，突显塔式特色。这使我想起关于泰庙屋顶层叠的说法，即庙内供奉的佛规格越高，庙顶的层叠越多，规模也越大。那么，在万塔之国，帝王宫殿屋顶的层叠自然是最多的。而宫殿内的色彩一反中泰皇家惯用的明黄，以赭红色为主基调，与人一种沉静、深邃的高贵感。面对这片恢宏的古建筑群，我不仅遐思浮想，当年住在这里的必定是一位深藏不露、内敛沉稳，甚至带点忧郁气质的帝王。然而，他却拥有烈火般炙热的内里，将所有情感蓄积胸膛，煎熬着自己。

如此猜度缅甸封建王朝末期的君主不无道理。缅甸自1824年陷入外国侵略的战火之中，宫廷内部亦血雨腥风，直到1886年，英国完成对缅甸的吞并，将其纳入英属印度的一个省，贡榜王朝到此方才灭亡。前后六十二年里，换了N个国王，而该皇宫于1859年才建成，住进这座新皇宫的国王只有两位，最后一位锡袍王仅在位七年。可想而知，面对内忧外患、摇摇欲坠的贡榜王朝，哪位君王能不忧心忡忡、望洋兴叹？又如何能够笑得起来？令人悲悯的还有这座宫殿，在王朝灭亡六十年后随之而去——第二次世界大战的硝烟将其化为灰烬。如今游人看到的曼德勒皇宫，不过是1989年根据史料在原址上复建的。

曼德勒山也是个值得驻足的所在，佛塔林立，景色宜人。怎奈一路走来，特别是在游览了蒲甘后，对佛塔之韵徒生审美疲劳，自然没有顶着毒日头爬山再观塔林的兴致。索性去了坐落于曼德勒山脚下的碑林（Kuthodaw Pagoda），又称"石经院"，以"天下最大的书"闻名于世。碑林占地面积五千多平方米，内含七百二十九块缅甸大理石石碑，上刻全本三藏经文。每块石碑都有一座造型讲究的白色经塔保护，塔身呈圆形，一节一节的葫芦状，越高越细，向上延伸，两米多高的塔尖顶着一把多层金伞，挂满铃铛，风一吹，清脆的声音飘得极远。七百多座经塔像孪生兄弟一样，排列整齐地汇聚一堂，高贵挺拔，气势磅礴，蔚为奇观。那是世界上最纯净、最神圣、最美丽、最宽敞的藏书阁，洁白如雪，银光闪闪。更有趣的是，这些经塔中央耸立着一座金碧辉煌的大佛塔，于这银装素裹的世界中格外耀眼。走在通向金塔的精美长廊中，两侧洁白的经塔在余光中流动，一种穿越时空的灵动之美油然而生。

碑林和经塔由贡榜王朝敏东王所建（公元1860～1888年）。据说，他召集了全缅和东南亚各地的佛教高僧二千四百余人来此创造出这个奇迹，耗时二十八载，耗资两亿多银圆。这本"巨书"不仅体积庞大，内容也极丰，如果一个人每天阅读八小时，要花费450天的时间方能读尽。

还有一则传说：碑林里，有一方石碑，所刻内容是当年玄奘西天取经带回的全部经文。不知中国佛教界对此是否做过考证，如若属实，那《西游记》中的"晒经"一节便有了原型，为这部神怪小说更增一份人文情怀。我看不懂缅语，更不识梵文，碑文认不得我，而我亦只能看个新鲜。所幸，碑林的美是善体人意的，绝不因看客的"俗"而高高在上，俾睨众生。它的祥和与安宁令我刻骨铭心。

缅甸之行留给我的不仅仅是美景带来的感官冲击，更是一串长长的思索。世人眼中，一如其邻国柬埔寨，缅甸是一个积贫积弱的国度，可再贫瘠的土地也会开出难以置信的花朵。那就是理想，以及对精神世界真善美的渴求和敬畏。

2015年7月30日发表于泰国《世界日报》湄南河副刊

蒲甘塔林:失去,本身就是一种获得

有人称蒲甘是缅甸皇冠上的明珠,美丽而珍贵。我则认为蒲甘的美绝非文字能够形容的,也不是照片所能尽展。尤其是站在景区高处,铺天盖地的佛塔同时奔赴眼前,那种来自视觉的冲击力和发自心灵的震撼力是空前绝后的。

有别于登庐山、泰山看云中峰的感觉,蒲甘带给世人的惊叹不是为天地之造化,而是为缅甸人信仰之精神。那星罗棋布的塔林满含世代缅甸人为其信仰奉献的智慧和力量,承载着缅甸人对美好精神世界的向往和笃定。千百年来,他们前赴后继,一砖一瓦地造就着这个佛教史上的塔林圣地,将宏伟与精致完美结合,令人拍案叫绝。据说,缅甸人信佛极其虔诚,一生至大心愿就是临终献出省吃俭用的全部积蓄,修建一座佛塔,此愿绵延至今。每到一地,刚刚竣工或建设中的新塔俯首皆是。可以想见,再过千年,塔林仍将是缅甸的招牌风光、不灭的信仰。

清晨,我们登上一座高塔,转圈欣赏平原上茂密的塔林。一座座、一簇簇,林林总总,千姿百态,于明媚的阳光下舞动着身躯,不断变换着仪态,一会儿从身边离去,遁影无形;一会儿又从无垠的天际款款走来,娓娓述说着这块土地上佛教徒们创造的神话。

据说,自公元 11 世纪到 13 世纪,缅甸人在蒲甘建筑的佛塔多达万余座,故蒲甘也被称为"万塔之城"。其中,千余年前蒲甘王朝所建的几千座佛塔中,一些规模宏大、结构严谨、巍峨壮观的完好地保存至今，如瑞喜宫塔、阿难陀寺、他冰喻寺等，作为塔中经典样板对游人开放。有人说，现在蒲甘的佛塔有两千多座，也有人说是四千四百多座，在我看来，准确的数据已无关紧要，它们的存在本身已经是个传奇，好像落难的贵族，即便满身疮痍，仍怀有不凡的气度，自尊、自重、自爱。

其中，印象最深的是有着九百多岁高龄的瑞喜宫塔（ShwezigonPagoda），它也是蒲甘最壮观、工程最为浩大的建筑，且是这里唯一一座金碧辉煌的寺庙。主塔高四十多米，四个角有配塔，塔底周围有无数的小金塔和金色的菩提，环绕着若干尊雕塑。塔的四面各有一座精美的配亭，亭内有佛像。坛台之间有长廊，长廊两侧布满纪念品摊贩。让我们好奇的是，一些摊贩举着由透明纸包裹的一片片金箔，不知是何等生意？走近佛塔，看到一些信徒纷纷把金箔贴向塔身祈福，方恍悟，这金箔的用途。

阿难陀寺（Ananda Pahto）亦令人难忘。我眼中，它是蒲甘塔林中最为优美的建筑，彰显一种复合式文化之精髓。塔座是印度风格的正方形大佛窟，东南西北面各有一门，门内有一尊高约十米的释迦立佛，塔座之上屹立着七十多米高的塔身，宏伟壮丽。塔身为浅黄色，外壁有数千尊大小佛像和描述佛本生故事的彩陶浮雕。主塔周围又环绕着众多小塔、佛像及各种动物和怪兽雕塑。整个寺庙占地近百亩，犹如一座宫殿。可以想象，九百多年前，缅甸经济、文化和艺术的发达程度多么令人咂舌。再联想至四百年前，缅甸东吁王朝攻陷泰国的大城王朝，令其成为附庸国长达十五年之久的历史，不由慨叹连连。如今看来，再小的蚍蜉都曾经撼动参天的大树，柬埔寨如是，缅甸亦如是。

傍晚时分,我们爬至一座大型古塔。有限的空间密密麻麻挤满了游人,不为别的,只待西边一抹醉人日暮。夕阳下的塔林景观如同变装丽人,气色和风姿与朝早所见截然不同。晚霞缓缓镀在眼前这片土地上,好似要把佛塔点燃一般。好期望这样的奇幻色彩能延续下去。接下来出现的红色暮霭掩盖了整片塔林。游客们纷纷举起相机抢拍,然而镜头里红色却渐行渐暗,只见西边天际的云层越来越厚,把晚霞密密实实围堵住了。叹息从四面传来,我亦惋惜,但并不沮丧。

物以稀为贵,正因无可挽留,人们才会追求,才会憧憬。失去,本身就是一种获得。感谢蒲甘的霞光,这瞬息而逝的惊艳让我更加体悟了"珍惜"二字。

2017年3月16日发表于泰国《世界日报》湄南河副刊

茵莱湖：万事万物，不完美才美

旅行中适逢宋干节，缅甸的长途车司机都放假了，我们只能从蒲甘乘机去莱茵湖，这倒是省时间，只一杯茶的工夫，就到了。

我们一行三人顺利抵达HAHO——缅甸掸邦首府东枝（taunggyi）的机场，距茵莱湖二十公里的山路，车程还须一小时。据网上"驴友"介绍，去到该处打车单程只需一万五千缅币，约十五美元，而我们那天则付了三万五千缅币。出租车驶至湖区良瑞镇（Nyaungshwe）地界时，司机熄火，示意我们购买茵莱湖门票后方能前行，人均十美元，比"驴友"介绍的价格涨了一倍。

随后，我们入住81HOTEL，是良瑞镇上的一流酒店（六十美元/标准间），位置好、设施新，早餐也丰富，而且服务周到。一到酒店，店老板就帮我们租好次日的游船，一天两万缅币，竟比机场到酒店的出租车还便宜。

翌日早八点，船长亲自来酒店接，我们步行去码头。那是一条通往茵莱湖的狭长河道，水很浅，挤满了游船。当时，我们很担心时间会白白耗在那里。没想到各位船长配合默契，连推带拉也没用多长时间，我们就驶出河道。一进入宽阔的湖面，眼前就展开一幅百舸争流的画面。由于船只都是柴油机驱动，开得飞快，转眼间视野里只剩螺旋桨掀起的一簇簇浪花，难怪陈毅诗云："飞艇似箭茵莱湖。"

茵莱湖是缅甸的第二大湖泊，南北长14.5公里，东西宽6.44公里，三面环山，雾气中隐隐可现。湖上最大看点是浮岛，这是当地人的一大创举。他们把湖上漂浮的水草、浮萍、藤蔓等植物聚集起来，覆盖上湖泥，制成一片片漂浮的农田，种上瓜果蔬菜，不仅自给自足，而且远销全国各地。

湖上的浮岛很多，有的浮岛上还盖了高脚楼。为使这些农田和房屋不至飘走，人们将很多竹竿插到湖底，以便固定浮岛。浮岛之上水土肥沃，果蔬生长茂盛。我们的船在岛间穿行，一垄一垄的樱桃番茄清晰可见，无不果实累累，沉甸甸地压弯枝头；一排一排甘瓠饱满丰腴，琳琅满目地挂满支架。这里的垄沟是一条条水道，波光潋滟，像撒满了碎银。那些固定垄台的竹竿和辅助植物的人字竹架倒映水面，顿时让美景有了烟火气。可以想象，收获时节，身着五颜六色服装的农妇们戴着草帽，划着小船，沿水道采摘果实的场面将是多么的喜人。这使我想起王昌龄的《采莲曲》："荷叶罗裙一色裁，芙蓉向脸两边开。乱入池中看不见，闻歌始觉有人来。"比之中国东北的农民，这里的百姓太幸福了，不用经受冬天的寒冷，甚至无须浇水施肥，更不用担心干旱和洪涝，只撒播种子，跟着浮岛一起自由荡漾，玩着闲着就是一个丰年。上苍对此地真是不薄。

湖上另一景观是水上村庄，亦是高脚楼比较集中的地方。当船驶进一个村的主水道时，我的目光立刻被两边高耸的楼阁攫住。这些高脚楼不仅桩高，楼体也高，都是两层，且面积很大，有点像公寓。许是当地人偏爱红色，很多楼体都漆成深红，顺着茫茫碧色水面望去煞是抢眼，尤其湖面上的红色倒影随波荡漾，足以令人恍惚，不知那楼阁是在水上，还是在水里，亦真亦幻，妙不可言。

　　这里的高脚楼之间由木板桥连接，使人们交往不必乘船。水上高脚楼的木桩比陆上高脚楼长很多，房子下面是个很好的船坞。家家楼下都有几条船。这里的孩子从小就会划船，这是他们在水上生活的基本能力。水弄堂里，我们遇到好几个自己划船的孩子，其中有一个小女孩，八九岁的样子，圆圆的脸蛋，大大的眼睛，典型的缅式小美女。看到我们，她有点羞涩，眼睛避开我的镜头，把船靠近身旁的高脚楼。有点遗憾，我没拍到她那原始清澈的眸子，一对在当今都市几乎绝迹的眸子。

　　那天，船长带我们进到几座高脚楼内参观，其中一家是古老的丝织品作坊。在那里，我头回看到从莲梗里抽丝纺纱织布。作坊的讲解员是位美丽的缅甸姑娘，英语流利，绘声绘色，热情的接待让我们不好意思不买一件她家的东西。可进了产品的展室后，我们又不得不放弃购买的想法——每一件织品的价格高昂，一条围巾少则几十美元，多则上百美元，着实把我们吓了一跳。同行的一位友人突然看到一直想买的棉质"笼基"（男人穿的裙子），思忖着不会太贵，便拿起来端详，解说员立刻给他套在身上，让他试穿。一问价格，又是一惊——两万缅币，比蒲甘市场的同款贵了七倍。尽管相当合身舒适，他亦只好脱下，礼貌地跟解说员道"再见"。随后，我们还去了一个木刻作坊、一个银器作坊和一个百货市场，最后，我用九美元买了两对耳环和两块如意玉坠，总算没让船长白带我们跑了半天。

　　在茵莱湖上，还有一件趣事，那就是在穿过一条水道去吃午饭时，碰到一群泼水的孩子，连水带泥泼了我们一身，让我们不得不跳进湖里洗个痛快。真没想到，水上人家对泼水的行径如此疯狂，几乎成为他们宣泄情感的主要表达方式。想想也对，无须付出任何成本，只要拿个小桶，站在水里，就可尽情享受捉弄人的快乐，还不用心存愧疚，因为没有一个游客会因此不悦，只会默认这种独特的待客热情，甚至同他们一样沉醉其中，乐不思蜀。那天，我们一行人遭到多次"袭击"，只要进入河道，成群结队的孩子就会一拥而上，来自四面八方的清凉，防不胜防，刚躲一劫，又立刻进入又一个"战场"，从头到脚一片狼藉，却也畅快淋漓，好像也都返老还童。

茵莱湖位于掸邦高原，海拔约一千五百米，天气变化比平原地区快，上午时分还湖光山色一片大好，下午返程中，天色突然暗下来，雨点竟淅淅沥沥飘了一路。奇怪的是，船一靠岸，雨又停了，乌云也不翼而飞，换成一轮醉人落日。

湖上一日，过足了船瘾，也留下了一个遗憾，那就是没有看到被誉为"湖上舞蹈家"的渔夫。据说他们单脚划船捕鱼的功夫堪称茵莱湖奇景之一，只因时值宋干节，渔夫们也要放假休憩，少了眼福。也罢，此念想留待下次茵莱湖之行兑现吧！

万事万物，不完美才美！

2015年5月于曼谷

老挝：一程山路一程歌

自网上看到一则消息：中老两国举行铁路项目签约仪式，总投资额五十八亿美元，从中国云南昆明至老挝首都万象，全长四百一十七公里，设计标准为1级电气化铁路，客运时速为一百六十公里，全线新建车站三十三个。

看到老挝段自边境口岸磨憨，经旅游胜地琅勃拉邦至首都万象时，我内心激动不已，这意味着万象与琅勃拉邦之间的旅行只需一个多小时的时间就可实现，不必再重复几年前自己那趟老挝汽车之旅的艰苦经历，既耗时又胆寒。当然，在老挝旅行，选乘火车抑或汽车绝不是简单的择优问题，舒适省时的火车将会使你错过那些鲜为人知的万种风情。

2013年的宋干节，我们一行四人从农开过境赴万象，再从万象乘长途车去琅勃拉邦，两地直线距离也就三百公里。凭在泰国的经验，这点距离开车只需三小时，没想到在这80%为山地和高原的印度支那屋脊，则花去了十几个小时，创造了我们乘车旅行时长的最高纪录。好在，新鲜感取代了疲劳，以此方式游览风光，似乎更接地气儿，更便于玩味当地的风土人情。

本来，我们乘坐的豪华长途车是上午九点从万象出发，但乘客未满，司机居然等了两个小时，直到座无虚席才肯发动车子。我们对他这种不遵守时间表的行径十分不满，私下一起嘀咕，批评此地落后、管理不善云云。可当车一离开万象钻进大山，行驶在蜿蜒崎岖的路上，再也不见一块平地时，怨气也就荡然无存。随着车子越爬越高，道路越走越陡，一岭过后又是一岭，我又开始自嘲，不了解人家的国情，还肆意往坏处想，真是小人之心。换位思考，如果我是运输公司的老板，也不会拉上几个人就跑一趟，这样的路，太亏了！

说回山路。此前，我去过庐山，并惊叹于当地司机的胆识和驾驶技术。可这里的路一点也不比那里好，有意思的是，这里的山又陡又密，却不相连，若在两山之间架一座桥，其长度可能只有两三百米，却要迂回蜿蜒走得这么辛苦，成心跟人过不去似的。等爬上另一座山，你能清楚看到刚刚走过的山路就在身旁，可为此付出的时间和艰苦程度却一言难尽。由于山陡，行至很多险要路段，车子的速度会放慢到每小时十公里，和蜗牛一样。路险不说，而且窄得就像单行道，会车时几乎就是擦身而过，有种命悬一线的感觉。超车就更别提了，需要等到行至较宽敞地带才有机会。尽管司机技术娴熟、气定神闲，可作为乘客的我却感到自己自始至终身处一部灾难电影里，前途未卜。

路上消耗的时间足够长，可看到的自然景观却乏善可陈。车子爬经的山坡，植被覆盖都很差，沿途鲜见大树，全是荆棘棵子，全程风光犹如"老挝"的国名一样，毫无浪漫之感。所幸，此地人文奇观让我们大开眼界，算是意外的补偿。

一是沿途路经的村寨，很多地方大兴土木，有点中国上世纪90年代初"一些人先富起来"的感觉。不过，最让我新奇的还不是这些，而是一些买卖人，他们并不把店铺建在靠山体的路边，而是设在悬崖边。店铺的地板一边搭在路牙子上，一边用几根木桩支撑在峭壁上，看上去既简陋又单薄，还有点岌岌可危，好怕一阵风吹来就掀翻了它。车子停下来休息，这可乐坏这些商铺老板。他们热情地招揽生意，我的心也为其提到嗓子眼儿，不由猜测：这里的雨季想是没有泥石流吧，否则，这些店主怎会如此镇定自若！

另一个是如厕，那可是绝无仅有的奇景。那天，车走了两三个小时没有休息，突然在一个两面都是高山的峡谷地带停将下来，说是可以"方便方便"。乘客纷纷下车。只见，男士面向山体，站成一排开始解手。见此阵势，我立刻缩了回来，不知女士该如何是好。邻座是个西方女子。只见她低着头，尽量回避着男士们的解手列队，向车子右前方的树林走去。可有几位当地妇女并不躲闪，和男士们一样面对山体，背朝汽车站定，不慌不忙用披肩（其实就是搭在身上的一块布）挡住臀部，蹲了下来。若非亲眼所见，我怎么也想不到女人的披肩还有如此妙用。我立刻拿出相机，拍下这难得一遇的场面，兴奋之余，竟发现尿意全无。几分钟后，人们纷纷上车，唯有那个西方女子不知所踪，等了足有十分钟，她才从林子里姗姗走出。很遗憾，她没有看到当地女人不用躲闪就能方便的奇景，更不会知道一件披肩的妙用。

由于在泰国旅行时到处都有吃饭的地方，所以出门很少考虑带吃的。这次可惨了，一路上几乎没有合适吃饭的地方，小摊上亦都是泰国进口的食品，甜到发腻。所幸我们带了足够的水，一直到下午两点，车子才在一个设有餐厅的地方停下，每人吃了一盘盖饭，又坚持到了晚上九时。明显感到，老挝的旅游设施和配套服务尚处起步阶段，任重而道远。

行车途中还有一处人文景观印象颇深，那就是在现代农业社会已经绝迹的刀耕火种现象。路上，我们碰到几处烧荒的场景，熊熊火焰，滚滚浓烟，开始有点紧张，以为是山火。细察发现，火势有序，并未蔓延；接着，山坡上出现一片片烧过的黑色空地，想来，此举是有意而为之。后知，当地人始终沿用新石器时代刀耕火种的农耕方式。经过火烧的土地变得松软，不用翻地，不用施肥，雨季之前播种，任其自然生长。土地轮休是这里的规矩，被烧荒的那些土地正在准备休息，那些披了一年草灰的黑色土地将被播上种子。真有点恍惚了，这里是有意保护生态，还是劳动方式落后？在中国，这样的土地可能早就变成梯田了，化肥滋养的庄稼郁郁葱葱、生生不息。

此后的路越来越难走，车子几乎是在爬行。看着烧荒的地方升腾的烟雾，有点视觉疲劳，我索性闭上眼睛。半睡半醒间，我想起在国内坐车去大同游览悬空寺和云冈石窟的那次旅行，走得也是山路，从北京出发，行程也有三百公里。我们早五点出发，八点半就到达目的地。一路遇山穿山、遇水过桥，隧道就进出了九次，短的五六十米，长的三百多米，都是双洞四车道，那叫一个爽！多希望老挝的交通建设也能与时俱进，尽快得到改善，方便世人更好、更细致地了解这个充满原生态魅力的古老国度。

2017年2月15发表于泰国《世界日报》湄南河副刊

万象：檀木之堡　越变越好

从曼谷至廊开（Nongkai）（泰国距离老挝最近的城市）全程六百二十四公里，按每小时七十公里计算，我们需要在路上耗费九个小时。可事实上，车子开了十二个小时，直到晚上七点才到住地。无法，时值宋干节长假，很多公路都排起了长龙。

一路上，印象最深的是进泰国孔敬府（Khon Kaen）后，机场路两旁的林荫道全是开满串串黄花的栾树，远远望去，花团锦簇，美不胜收，这也消解了堵车的郁闷，令心情豁然开朗。突然发现，原本并不惹眼的黄色一旦形成规模竟这般妖娆，辣坏了眼睛。索性立刻停车，选镜头、找角度，让这场与色彩的邂逅定格在相机里。

晚间的廊开十分安静，几乎没有什么娱乐场所。我们信步来到湄公河畔，观赏这夜色温柔。河内无船，岸上游人出奇之少。皎洁的月光洒在水面上，波光粼粼，像流动的碎银，让人心醉。两岸灯光并不张扬，甚至过于低调，以致看不到对岸万象的建筑，只能依稀觉察闪烁的灯火，没有一点首府的气势。我先生十年前去过万象，说其规模等同于国内中等县城，鲜见高楼广厦，难怪灯火阑珊。然而，这恰也为我们此次老挝之行平添了一丝遐想。

次日八点，我们把车存放在廊开海关旁的一个停车场，带着不多的行李奔赴万象。入关费——每人二十美元，过桥费——每人一百六十泰铢，如此短程的过路费竟是我们在曼谷乘坐公交费用的几倍。过河进入老挝境内，才发现那里没有正规的巴士和出租车，没有交通指南，主动前来搭讪的是一群拉客的小车司机。与其交涉了半天，最终以三百泰铢的价格成交，承诺将我们送至城内，并帮我们物色旅馆。那人开的是一辆崭新现代伊兰特，看起来还不错。司机会英语，是个见过世面的人，此前在新西兰打工，自称在那里还有个妻子，言语间面露得色。不言而喻，这是老挝先富起来的一员，想来此人不简单。

事实证明，这个司机确有生财之道，先把我们拉到其旅馆关系户那里，单间每晚一千二百铢，价格不贵，可条件较差。我们不满意，请他帮忙另找。想是心中不悦，他立刻拉我们去了一个高级酒店，单间每晚至少三千铢，我们自是住不起。最后，他把我们拉到离凯旋门很近的一家酒店，每晚八百铢，条件尚可。可见，司机颇为熟悉此处住宿行情。因为辗转多处，他感到有点亏，于是管我们多要了一百铢。即便如此，这仍是在老挝最便宜的一次交通费。

这家酒店叫 Khampiane Hotel，位置很好，吃饭、观光都很方便，距万象的重要景点凯旋门步行只需十几分钟。不过，让我印象最好的还是酒店提供的免费自助早餐：美味的鸡汤米粉，充足的面包、黄油、炒饭、香肠和水果。全赖这顿丰盛的早餐，支撑我们当天乘长途车去琅勃拉邦，直到午后两点才吃上午饭。这比在琅勃拉邦住的七十五美元的高级饭店里的早餐不知好上多少倍。

本计划到了万象由先生做导游，毕竟他是旧地重游。在他的印象里，游万象租一辆自行车两个小时基本搞定。可时过境迁，他已完全不认识这里，市中心兴建了很多新楼房；街道已不止两条，而是纵横交错；路上的汽车亦多，在我们找酒店的路上还堵了大半天。今非昔比，万象再也不是借助自行车的自助游时代了。

先说"万象"名称的由来。老挝气候属热带和亚热带类型，境内本就产象，早有"万象之邦"的雅称。但首都并非因此得名，而是当地华侨对这座城市名称的音译，既顺口又悦耳，遂沿用下来。据说，万象曾经生长着许多珍贵的檀木，所以又叫它"檀木之堡"。当然，作为一国之都，这里像样的建筑仍不算多，也没有太高的楼房，城市管理也很落后。路上，我们看见一座很漂亮的白色镶金边建筑，据说是文化宫。奇怪的是，在这座华丽的建筑物房檐下竟有一个巨大的马蜂窝，就像美人脸上长了颗巨痣，看上去让人倒足了胃口。文化宫门前堆了很多破桌烂椅，好像此处已很久没有举行像样点的活动了。据说，该楼还是中国捐助的。

万象的闹市区果然一个"闹"字可以统括，车人全无秩序，一些尚未竣工的商业大楼的一二层居然已经开始营业，而楼前楼后堆满了建筑材料，到处尘土飞扬，仍是百废待兴的样子。时值中午饭点，我们走进一座所谓的Shopping Mall，指望在里面找到充盈着各式美食的用餐区。可事实上，一楼的营业面积很小，很多地方尚在装修；至二楼，这里只有两家金店，一些人在抢购黄金首饰；三楼没开张……我们只好下楼另寻吃饭的地方。

走街串巷，终于打听到一个吃饭的场所，规模不大，只有盖饭和米粉，可价格却令人瞠目，一份大概要一万五千至二万基普（老挝的货币单位），折合泰铢大概是七十铢。所幸，一个饭摊摊主是广东来的，会说中文。我们在他那里买了盖饭，并打听到去琅勃拉邦的长途汽车站所在地。在先生的记忆里，车站大致就在我们吃饭的地方不远处，如今却已经搬至三十公里以外的地方了。

饭后，我们叫了一辆双条车去塔銮寺——万象的标志、老挝的国宝，游客必经之地。

"塔銮"的中文意思是"大塔"或"皇塔"。塔銮寺位于万象市区东北三公里处的塔銮广场。咫尺之遥，司机竟向我们索要四百泰铢，简直毫无道理可讲。

塔銮寺本是一座小古塔。公元 1560 年（中国明朝嘉靖年间），塞塔提拉国王对其进行了扩建，为世界建筑艺术宝库增添了一朵奇葩。这是一座砖石结构的群塔建筑。底座是南北向六十八米和东西向六十九米的四边形，每边正中央有一个膜拜亭。二层是边长四十八米的正方形，由三十座高三米六的小佛塔和一百二十个莲花瓣型围栏组成。据说，这三十个小佛塔象征佛陀的三十种恩德。第三层是高大的主塔。塔身从下面的圆形慢慢收缩，到中段成方形，由十六朵莲花瓣围绕，花心向上面延展，再逐渐缩小成圆形，慢慢变细，形成塔尖，高昂地伸向天空。虽然塔銮的规模无法与仰光大金塔媲美，但其造型独特、工艺精湛、仪态秀美，仍令游人赞叹不已。

我喜欢这座带点淑女气质的佛塔。有人曾形容塔銮的造型犹如莲花的生长过程，即从湖底淤泥中的一粒种子长成湖面上盛开的莲花，思来想去，栩栩如生，妙不可言。莲花之于佛教意义非凡，而此塔形神兼备，彰显的正是一种高洁的莲花精神：根植浊世，花开世外。

走出塔銮寺回到广场，回首再望这座澜沧文化的杰作，金光闪闪的主塔在三十座小塔的簇拥下直指苍天，再配上南北门外两个精美寺院，构成佛教文化建筑群的独特风景。遗憾的是，我们来的季节不对，若逢十一月，亲自参加这里的塔銮节活动，想来更有意思。

离开广场，我们直奔香昆寺。到了才发现，这里实在难称为"寺"，既无庙，也无可供顶礼膜拜的神坛，更没有香客和香火。遍布四处的是形形色色、千姿百态的佛像雕塑。不知怎的，此处芸芸佛像并不会刺激人们虔诚跪拜和祈祷，游人反而会生出鉴赏家的心态，为佛像们的万千仪态频频心折，忍不住不断按下相机快门。后来发现，原来此处准确的名称并非"香昆寺"，而是"香昆寺—佛像公园"，如此，方恰如其分些。

据说，香昆寺是20世纪50年代由一位客居老挝的神秘得道高僧主持修建的，至今也不过六十多年的历史。此高僧除了精通佛学，对印度教、巫术、医术、瑜伽的钻研亦颇有独到之处。他将自己的心得体会及雕刻技术融会贯通，行成了一个神秘的整体，就是眼前这座佛像公园。

公园内的雕塑包括印度教中的湿婆（Shiva）、毗湿奴（Vishnu）、阿朱那（Arjuna），佛教中的观音、佛祖以及涉及印度教或佛教的所有神灵形象。由于对两教都不在行，我无法将这些佛像分门别类，权当看个热闹。奇怪的是，在这个群佛林立的公园里，我居然看到了俗人——穿着军装的男人雕像，不知是何用意。许是想表达普通人亦可修炼成佛？抑或佛与俗人息息相通？雕像的姿势很是肃穆，双腿并拢，两只手放在膝盖上，正襟危坐，若有所思的样子。我有样学样，坐其旁边与它合了个影。心想,这辈子是不可能修炼成佛了,却可以学习佛之精神,善待他人,帮助那些需要帮助,而我又能伸以援手之人。

园内还有一座奇妙的圆形塔。有人说它象征宇宙,当地人称之为"天堂与地狱"。塔内套塔,内塔的一层放置着一些表现人类受难的雕塑,象征所谓的地狱。沿着楼梯爬至最高一层——一座金佛坐镇,意味着行至天堂。我们钻出塔顶,俯瞰整个佛像公园:近百座造型各异的佛像林立,最醒目的是一尊长四十五米的巨大卧佛,其背靠公园围墙,面向群像,似乎在守护着它们。也许,在佛的世界里,亦需要有一位充满智慧和力量的高能巨神为大家领航、护卫。

从那些佛像显现的斑驳痕迹看,年代已相当久远,但其实,这个佛像公园只有六十年的历史。我万分钦佩这个神园的缔造者以及他的奇特想象力,不管建造这个神园的初衷为何,他确实为万象的旅游做出了不小的贡献,也为来自五湖四海的游客创造了天马行空的想象空间。

而凯旋门是行游老挝如何也绕不过去的话题。它不仅与法国的那座标志性建筑同名,造型也极其相似。早年,法兰西入侵老挝,为了炫耀胜利按照国内本尊的样子在这里缩建了一座凯旋门,不过尚未完工就因奠边府战役失败,落荒而逃。老挝独立后,政府又依照本国文化风俗对此门进行了改良。所以,万象的凯旋门虽形似巴黎的鼻祖,但近看其拱廊和拱顶都是老挝式的雕刻和装饰,以本国神话故事作为浮雕的主线,充满浓郁的佛教色彩。塔顶还有三个宝塔也遵循老挝的建筑风格,完美展现了东西相融、珠联璧合的视觉奇景。

凯旋门前是一个很大的广场，两侧建筑可能是万象最好的西式写字楼了，一边是总统府，一边是总理府。中央有一个圆形喷水池，水面映满凯旋门的倒影。喷水池旁有一块黑色大理石卧碑，上刻老、中、英三国文字："中国政府和人民赠送给老挝政府和人民的礼物。"又是一个国际友谊深厚的力证。此广场是中国政府在20世纪60年代捐资修缮的，大概耗资一千万人民币。

本来计划登上凯旋门顶端，鸟瞰整个广场，但时间不合适。我们两次游经此处，一次是看夜景，一次是看日出，都不是凯旋门的开放时间。没有登顶，自然也爬不成门内的一百五十多级楼梯。所幸，漫步于布满棕榈树、草坪和鲜花的广场花园小路，吐纳着沁人肺腑的新鲜空气，仰望碧空万里，已经十足惬意了。作为深受雾霾戕害的北京人，万象的清新空气令我格外流连。也许，当地人的生活依旧欠缺质量，但在我看来，他们呼吸的空气是价值连城的，他们生活的空间是安逸敞阔的。有这些，足矣！

当我们乘坐长途车离开万象之际，先生问我："万象一行，感觉如何？"答曰："好像看到中国改革开放初期的影子。"他感慨道："万象在变，越变越好！"

2013年4月于曼谷巴黎岔小区

琅勃拉邦：原生态的怅然若失

晚七点半，我们终于到达琅勃拉邦。刚下长途车，一群小车司机立刻蜂拥而上。这里到琅勃拉邦小城中心也就两公里的路程，而黑车司机的开价竟是四百铢。这让我们对万象的小车司机又重新定义——他们比琅勃拉邦的司机良心多了。

见这阵势，我们不愿就范，打算步行过去。转身之际，一个司机追上来，松口要二百铢。碍于对此处一无所知，我们接受了这个价格，并要求他把我们送至旅馆。未承想，此人是个二道贩子，在路上拦了一辆双条车让我们上，而且要先付钱给他。我们很生气，此时旁边又过来一辆双条车，我们想改上那辆车，只见之前那个"司机"凶狠狠地朝这辆双条车的司机说了些什么，后者立刻走开了。看来，此君乃当地双条车行当里的一霸。无法，虎落平阳，我们只能上了他指定的车，但坚持到了地方再付钱。他只好对司机叮嘱了两句，想是在敲定分成。我们对此地 GDP 的第一笔贡献，一半归了他。这就是我们对琅勃拉邦的第一印象：无序、无信，还带点野蛮。

双条车司机拉着我们到了湄公河边，沿着河畔找旅馆，足足一个钟头也没找到合适的地方——便宜点儿的都爆满，贵的实在离谱，没想到这里竟有一晚一百美元的高级酒店。最后，我们住进了七十五美元一晚的、比较豪华的酒店。那里，每个房间不以号码区分，而是在门上贴了不同的动物形象为标志。房间钥匙上拴着一个木刻的、对应的动物饰物。我们的房间是一头猪。

安顿好一切,外出吃饭,此时已经快晚上九点了。酒店位于夜市中心,一出门就热闹非凡,如果不是走了一天山路,还以为到了曼谷的帕提亚。夜市里的货品和泰国并无二致,绣着大象图案的挂饰和各种背包,带有东南亚风情的布料、锡器等。十年前,先生在这里买了一个漂亮的木刻,如今却再找不到木制纪念品,那种手工雕琢的工艺品几乎绝迹。

沿着湄公河畔全是美食大排档。许是时间晚了,用餐者并不多。吃过饭已经过了十点半,夜市的人少了很多。与曼谷相比,此处游人相对较少,可逛的地方也不多,仅此一街,而且不算长。当晚是宋干节的除夕(老挝宋干节比泰国的晚一天),很多店铺早早收档,我们也意兴阑珊地回到酒店,洗洗睡了。

翌日清晨,吃过早饭,我们开始一天的行程。细看朗日下的琅勃拉邦,用"精致"二字形容毫不过分。这是一座古色古香的小山城,位于湄公河畔群山环抱的谷地,老挝唯一的两块平坦地带之一,面积不足十平方公里。别看方寸之间,却是佛教圣地,仅庙宇就有五十多座。外国人游此地最想看的一景,就是每天早上僧人成群结队集体化缘的圣景。当然,这些对我们来自泰国的游客则并不新鲜。

琅勃拉邦有三处景点最值一看:皇宫博物馆、浦西山、坦丁洞。皇宫博物馆和普西山,都在我们所住的西萨旺冯大街上,抬脚走几步路的工夫而已。这为我们赢得更多的时间去游览离城三十多公里的、象征湄公河灵魂的坦丁洞。

1904年建造的皇宫博物馆历史并不悠久,作为当时国王及其家人的住宅。博物馆的院子和宫殿的主体规模都很小,还不如中国无锡、苏州那些家族氏园林。但它们的建筑结构很有特色。因受法国殖民者的影响,宫殿整体设计结合了老挝和法式风格,古朴典雅;此外,宫殿正面右侧建有一座庙宇,左侧是一位佩带腰刀的军人塑像,也许是哪位国王吧?你看,只言片语就可尽述此处,可见,当时国王的生活奢侈不到哪里,与百姓相比,不过是房子大些,更便于参拜佛祖而已。

行前,我在网上做了功课。老挝的封建社会持续较久,直到1975年被人民革命党推翻,王室才搬出这座宫殿,进而变成现在的博物馆。博物馆大门对面就是普西山,登至山顶,可以欣赏琅勃拉邦古城的全景风貌,当然,还少不了那蜿蜒如带的湄公河。由于对寺庙的审美疲劳,我们只在山上停留了片刻,并未参观峰顶的佛寺,便下山吃了午饭,抓紧时间去了坦丁洞。

这天正逢老挝宋干节,西萨旺冯大街上热闹非凡。或许这也是琅勃拉邦最大的集市日,街道两旁全是摊贩,与夜市相比,多了很多当地过节时才能看到的传统商品,不知情的外国人很难猜到这些东西的用场。比如像中国农村出殡时用的灵头旛一样的东西,只是上面画了很多动物。只见,有人扛着这些白色的旛,满街游走,纸条在空中飘来飘去。等到下午,在乘船去坦丁洞的途中,我们才明白这些旛的真正用途。此处,容我先卖个关子。

还有一些商贩在兜售小鸟和小鱼,全装在五颜六色的鸟笼和器皿里,不知情的人还以为是哄小孩的宠物。实际上,这是供佛教徒在节日里放生所用。我看到一些家长带着提着小鸟笼的孩子行至山间,打开笼门,放飞小鸟。母子之间并未有过多说教,但善待万物的理念应已深植孩子幼小的心灵。此情此景引我陷入一段惭愧的回忆：女儿四五岁时，为逗她开心，我用二十元钱买了一只小松鼠，供其养着玩。由于不懂得松鼠避光的习性，没有给它在笼内搭窝，害得小家伙一天到晚焦虑得上蹿下跳，最后，毛茸茸的大尾巴上一根毛也不剩，看上去活像一只大老鼠，很是可怜。即便这样，也没有生发放生的念头，而是转送给朋友，眼不见心不烦。像我这样的家长在中国比比皆是，我们给孩子们的影响和教育显得肤浅了。

另一个让我好奇的商品是竹编的似框非框的物件。该物件整体呈圆柱体，除了顶端的面是实的、平的，侧面和底面都是空的。思忖半天也揣摩不出这是做什么用的，问了当地人，才知居然是吃饭的桌子。看上去直径只有四五十公分的圆桌，最多只能供四人用餐，大家族就无法享用了。

去坦丁洞走水路，我们租了一条船。去时逆水，需要两个小时。这是我们在琅勃拉邦最惬意的一段时光，心里充满无限期待。那天，乘船的人格外多，大部分都是到江对岸的寺庙去拜佛，还有不少人在江边堆沙堆，和中国人修的坟一样。这时，前面说的"灵头旙"出场了。他们把市场上买来的这些画满动物的纸旙插在沙堆上，跪下祈祷。这使我想到小时候在老家，每逢除夕夜，家家户户都到十字路口为亡故的亲人烧纸的情景。这恐怕也是老挝人祭奠离世亲人的一种方式。但依然搞不清楚的是，为何纸旙上画了那么多动物，比我们的十二生肖还要热闹。

沿途原生态的景致千篇一律，青树翠蔓，蒙络摇缀，参差披拂。不成材的灌木丛忠贞不渝地兀自生长，稍大一些的肆意伸展腰肢，倒映在波光粼粼的河面上，自娱自赏。偶尔，也能看到令人兴奋的画面：河岸上，一些古树裸露的、盘根错节的根系组成堤坝，在江水的冲刷下，述说着这片土地的沧桑往事。

心中生出一种执念——好希望行至坦丁洞，能够眼前一亮，看到湄公河那美丽而神秘的灵魂。然而，耗尽了一个下午的时间才羞答答现身的、号称琅勃拉邦最重要的洞穴——坦丁洞，不过是个二百平方米大小的"佛像仓库"。所谓"洞里的四千多尊佛像"，都是由信徒们自己购买，随后送进洞内的，匠气十足，当然更无法与国内的各大石窟相媲美，真有点上当受骗的感觉。相比之下，原先并不觉得怎样的湄公河两岸风光倒成了美好的回忆。

回万象，我们选择乘坐有卧铺的长途汽车。在昆明曾经坐过所谓的"卧铺长途车"，体验并不美好，设施陈旧不说，卫生条件也堪忧。然而，我们今天坐的是老挝进口的新型卧式长途车。车内干净整洁，分上下两层，二十四张单人床，和两个可睡四人的大床。每个铺位均配有安全带和毯子。床虽窄，仅够一个中等身材的人享用，但对我和先生来说，足够了。到达万象，是清晨五点，全程整整九个小时，比去时少了三个多钟头，舒适度亦明显提高。

一想到马上就要回到廊开了，很是激动。尽管泰国不是我的祖国，但相比老挝还是亲切得多，毕竟已在那里住了近三年。我们在万象长途汽车站上了一辆去往海关的双条车，价格是每人一百铢，同车的还有一位同胞。在老挝之行就要结束时，一定要说说这位老人。

老人来自上海，高高的个子，长方脸，十分健谈，只是门牙缺失，无论说话还是大笑都让人感到漏风，他却不以为然，跟我们谈笑风生，聊了一路。言谈中，我了解到他是退休工程师，六十九岁，酷爱旅游。前些年，和老伴一起在国内游，走了很多地方。这几年，老伴身体欠佳，他就独自出游。这次的路线是昆明—老挝—泰国—柬埔寨—缅甸—越南—回到上海。为了省钱，他以乘长途大巴、住家庭旅馆为策略，完成此次自由行。

他先从上海坐火车抵达昆明，又从昆明坐长途大巴到琅勃拉邦，三日后乘长途大巴到万象，停留两天，现在随车前往柬埔寨驻老挝大使馆办理赴柬签证，以便在老泰边境落地签时有个理由，即去柬途经泰国。他手里握着万象地图，上面标注着柬埔寨大使馆的位置，要在早上大使馆一开门就做好签证，才能放心地去万象游览。真不愧是工程师出身，办事严谨的风格令人肃然起敬。

车到柬埔寨大使馆门前，老人笑着和我们告别，将乐观、勇敢和青春永驻的劲头播撒给了我们。

2013 年 4 月于曼谷巴黎岔小区

浅墨

天之骄子

看着荧屏上侃侃而谈的赵厚麟，似乎忘记他是在凤凰卫视《问答神州》节目的直播间里，而是坐在自己对面，亲切感油然而生。赵君豪爽健谈的风格依旧，多了几分绅士风度，却毫无矫揉造作之感，永远保持着本真、诚挚、豪迈的风范。用女儿的话来形容："赵叔叔，才华横溢，学贯中西，特立独行，玉树临风，国际舞台上的一方霸主，实乃一代天骄。"尽管这个评价颇具武侠味道，却也形象生动。彼时被毛泽东赞誉的一代天骄——成吉思汗，征服的也只是中亚和欧洲，而赵君的足迹则遍布世界，且赢得了一百五十多个国际电信联盟成员国的热烈支持和信任，统帅着网络时代的全球信息通信军团。

曾几何时，赵君是我的大学同窗、班干部和一代学霸。不仅门门功课名列前茅，超群的语言天赋和深厚的文学功底更是令人钦佩。记得在同学们无不抱怨英语难学，记不住单词时，他已经开始第二外语——日文的自学。当稿件不足，班级板报员心急如焚时，他临危受命，即兴挥毫，递上一首古体诗，以解燃眉之急。都说江南自古多才俊，没想到自己身边就有这么一位。这也是后来，我在《世界电信》杂志当编辑时，尤愿向他索稿的原因。他的文章成熟稳健，省去我大量的编审时间。

时光荏苒，转眼四十年过去，在绝大多数同学卸甲归田、颐养天年时，他则锲而不舍攀抵了其职业生涯的巅峰，代表国家和整个民族落座于国际电信联盟秘书长的高位上。如今，他以"神州之子"的形象出现在致力于采访两岸三地核心人物和政坛精英的《问答神州》节目，足以证明其本人对国内外政治经济发展中所具有的非凡影响力。

这是我多年来第一次如此系统聆听赵君介绍其在国际电信联盟的工作。三十年来，我们曾多次见面，但大多限于同学相聚，来去匆匆，无暇深谈。这个近一小时，分上下两集播放的电视节目，让我有机会目睹他驾驭世界信息通信技术标准化进程和发展趋势的领袖风采；了解了具有划时代意义的国际电信联盟工作的宽度、深度、广度和难度，尤其是网络战争狼烟四起，全球网络安全面临挑战，而国际互联网治理处于徘徊不前、难以突破的局面。然而，这个十几年来困扰历任秘书长的棘手问题，反而勾起了赵君迎难而上的斗志。他审时度势，走访五大洲，为建立能维持国际网络安全的规则游说各国首脑和社会各界，还鼓励欧洲国家、广大发展中国家、中小企业等大胆创新，推动互联网技术不断发展。当主持人吴小莉谈到"有学者觉得在互联网的世界当中没有多级的霸权，只有美国这一级"时，赵君则表示："如果有的话，这级霸权也在消亡之中，它也不可能就这么长期一家独大，独霸下去……中国的阿里巴巴、腾讯上来了，怎么可能叫它一家独大呢！"我为他的胆识和气魄所折服。

他是响当当的国际电信联盟秘书长，忠于职守，不屈服于任何霸权。或许这也是他在电联工作二十九年，从底层到高层，一路走来，深受各国职员欢迎和爱戴的特质之一。而他胸襟宽、心术正、不投机、为人谦和的品格和低调为人的宗旨更是令人佩服和信赖。

据说，这次竞选电联秘书长投票前夕，美国特别派代表从华盛顿飞抵日内瓦找其谈话，只因他是中国人。他们担心在中美发生利益冲突时，作为秘书长的他会遵循中国政府的旨意办事。为此，赵君郑重声明，自己在国际电信联盟干了十几年，其为人众所周知，中国政府从未发出过任何指令，自己也没接受过任何一个国家的指令，作为大家投票选出来的联合国专门机构的主要负责人，必须履行自己的岗位职责。

他说到做到，走马上任后，立刻开展对国际电信联盟平台的改革；倡导和促进ICT中小企业涉足国际信息通信技术标准化工作；积极推动国际信息通信领域的区域性合作；为大力提高贫穷落后国家的信息通信水平，不辞辛苦奔波于非洲诸国，欲在当地打造普及千家万户的智慧社会。为了不辜负电联成员国对其的厚望，他视时间为生命，有时甚至以一天一个国家的速度走访各国元首，使国际电联的战略部署得以实施。

此外，他情系祖国，为国家电信企业做顾问，到大学讲授信息通信技术发展课程，毫不保留地向政府主管部门提出对国家信息通信发展的意见和建议，还积极向习近平主席和李克强总理建言，在"一带一路"的国家发展战略中纳入电信区域性合作的内容，并希望祖国的电信企业发挥其主导作用。

凤凰卫视问答国际电信联盟秘书长这个节目让我再次领略了赵厚麟的睿智、干练和统领全局的能力。他对来自主持人精心准备的各种提问，甚至很尖锐地涉及国与国利益的卫星频谱争端和网络安全霸权的问题，都对答得如流，高屋建瓴。尤其听到他讲到自己刚进电联，心里充满为他人作嫁衣的伤感，并幽默自言是裁缝出身，希望能为祖国作嫁衣时，充分感到他的爱国之心。

1998年,机会来了。当我国提出的TD-SCDMA移动通信国际标准提案只差一天就到国际电联的截稿日期,但在程序和格式上还存在一些问题时,是他全力以赴帮助提案提交单位争分夺秒,完善提案,赶在截止之前提交了文稿,为中国通信史上这座不朽丰碑的落成添上最后一块砖瓦,也为中国制式的3G、4G标准国际化奠定了重要基础。他对祖国通信技术的发展充满期待,并在很多场合鼓励中国企业要在5G上成为引领者,和其他国家一起发展5G技术。

无论如何,赵厚麟这个享誉世界的名字,给中国信息通信领域带来了史无前例的荣耀;为母校——南京邮电大学打造了一张享誉世界的名片;为我们这代人带来了不可言喻的骄傲和慰藉。而所有这些辉煌都来源于他强大的"内职业生涯"的支撑,那就是他对祖国的热爱、对事业的执着、对责任的担当、对知识的尊重、对创新的勇敢、对困难的坚强、对朋友的真诚,和信守仁义礼智信的传统美德。

发表于2015年12月24日泰国《世界日报》湄南河副刊

天涯赤子心

夜深了，小外孙突然踢开被子，发出咯咯的笑声，不知做了何等美梦。我放下最新一期《泰华文学》，走到床前为他盖被。看着他嘴角挂着的憨笑，脑海不禁闪回出在《滇缅路上记国殇》一文中看到的另一张小脸，痛苦、绝望，满脸泪水，哭喊着追赶在欲投河自尽的母亲身后，耳旁响起她的祈求："妈妈！妈妈！你回来，你别跑呀！妈……"一股热流自我的眼眶涌出。

坐在床头，感慨万千：一样的童年，却天上人间。未曾想到泰华文坛领袖人物——梦莉女士的童年如此悲惨；更未料到，其童年所受至苦竟然是其父为中国人民解放事业献身所付出的代价之一，这种伟大的悲悯令人震撼。不知泰国还有多少华人如梦莉女士一般，至亲在那场残酷的战争中为祖国流血牺牲；也不知曾经战斗在滇缅公路上的那些南洋技工中有多少泰国华人，其后代又有怎样的命运。可以肯定的是，海外华人在这场反法西斯的圣战中厥功至伟，其后人在支持祖国经济建设和促进中泰文化交流中发挥着不可替代的作用，梦莉就是他们中的杰出代表。

第一次见到梦莉女士是在2014年泰国华文作家协会举行的中秋晚会上。作为会长的她，身着红色中式节日盛装立于台上，用地道的中文向大会致辞。若不是此前看过她的一些散文，听人介绍过这位巾帼不让须眉的奇女子，怎么也不敢相信眼前这位端庄优雅、风韵犹存的女士已年逾七旬。难怪有人把她比作泰国凤兰，"花中真君子，风姿寄高雅。"更不能想象，这么兰心蕙质的女士竟有着难以置信的坚韧意志和永不言弃的奋勇精神。

由于过早失去父亲，梦莉女士从小就担起照顾病母和幼小弟妹的重担，用自己稚嫩的肩膀撑起了整个家。为此，她逃过难、讨过饭、打过工、当过童养媳……长大了，感情世界又受挫，"人间银河"让她和心上人天各一方。然而，她没有就此萎靡，而是忍受着情感的折磨和心灵的孤寂，将精神寄托于事业，于商场拼杀，以企业的成功安抚身心。同时，她亦执笔，在繁杂的商务之余借散文倾吐内心的悲凉。看看这些熠熠发光的头衔吧：永泰发有限公司、曼谷航运有限公司的董事长，泰国华文作家协会会长，泰国中华总商会中文副秘书长，泰国潮州会馆副主席，介寿堂慈善会副主席，澄海同乡会副理事长，泰国留中总会副主席，世界华文文学学会副主席，厦门大学华文文学研究中心特约研究员，暨大台港海外华文研究中心特约研究员，中国云南省归侨联谊会名誉顾问……无一不是其成功之标志。她凭借意志、才华和胆识，书写了泰国华人史上浓墨重彩的一段巾帼传奇。

不过，最令我敬佩的还是她对祖国的赤子之心和为中泰两国经贸文化交流所做的突出贡献。一如其父，梦莉的爱国之心天地可鉴。20个世纪70年代初，作为"亚洲四小虎"的泰国，经济飞速发展，而中国的经济正处于危难之中。她忧心忡忡，希望能以自己的微薄之力为祖国做点实事。于是，一个架设中泰商贸桥梁的计划开始在她脑海里酝酿。1973年，中泰两国尚未建交，她就和丈夫蚁良顺先生开始了泰中商贸的破冰之旅。他们从香港经澳门入内地，以"泰国永泰发有限公司"的名义和内地相关公司、工厂洽谈合作，首次把中国机电产品中的船机、齿轮机、发电机引入泰国。为推销这些产品，梦莉走遍泰国沿海各地的造船厂、机器厂、渔业公司，向那里的华裔老板做宣传，以"中国人用中国货，用中国货就是爱家乡、爱祖国"的思想来激发他们的采购热情。功夫不负苦心人，中国生产的船机、齿轮箱、发电机终于被装上了泰国渔船。

然而，公司的危机也就此开始。彼时的中国还处在计划经济管理体制下，企业缺乏竞争意识，其产品既没有ISO质量认证，亦无严格的质量管理，与国际同类产品相比品质差距很大。因此，这些货品一进入泰国市场，问题就暴露无遗。梦莉夫妇对祖国的一片丹心换来的却是不停的退货和一浪高出一浪的索赔呼声。为了确保公司信誉和履行推销时对用户做出的承诺，梦莉收回了大批退货。眼看一批批退货变成废铁，企业面临亏损，她心急如焚。不过，此刻她想的更多的是决不能半途而废，一定要实现中国产品与发达国家产品并列于国际市场的理想。于是，她陪着技术人员，走访泰国用户，广泛了解产品问题，与渔民和船员探讨产品技术的改进方案，使之更能适应泰国的气候、环境和用户要求。

这是一个艰苦而漫长的过程，因为新产品的开发和生产要经过反复实验、改进、再实验、再改进的过程。为此，梦莉频繁奔走于泰南、曼谷、上海、杭州等地，废寝忘餐，身心俱疲。使祖国尽快富起来的信念始终支撑着她坚持再坚持，忍耐再忍耐，只要中国产品能占领泰国市场，一切个人的牺牲都是值得的。用她自己的话来说就是,"我很累,也心甘情愿。"可是,公司里的两位股东并不愿奉陪,更不愿为中国产品立足泰国市场付出这么大的代价。他们提出终止与中国企业的合作,转而经营欧美日的产品,否则就退股。而梦莉夫妇义无反顾,坚信中国产品一定会被泰国用户所接受。于是,在公司严重亏损、股本几乎输尽的窘境下,按原始股本退还了两位股东。这是一种怎样的情怀?他们为了振兴祖国的经济险些倾家荡产。梦莉女士在《中泰建交前赤子心》一文中道出她的心声:"如果没有对中国深刻的了解,和一片赤子之心,冒着种种的风险,极可能导致经济崩溃的严重后果!"

精诚所至,金石为开。到1975年中泰建交时,梦莉的永泰发公司已成为杭州齿轮箱"前进"牌船用齿轮箱,和上海柴油机厂"东风"牌柴油机在泰国的总代理。由于双方的合作诚实守信,技术上相互切磋,泰国用户终于拿到了质量优良、价格合理的中国船用齿轮箱和柴油机,同时享受到了优质的售后服务。梦莉的心愿实现了,其代理的中国产品终于在泰国的机电市场站稳了脚步。1978年后,伴随着中国的改革开放,永泰发公司与中国的经贸合作驶入了快车道。

为了进一步开拓市场,提高中国船用机器在泰国市场的占有率,梦莉女士和大女儿到泰国渔业厅寻求合作,经过多次协商,终于取得渔业厅的支持,把永泰发代理的中国船机、齿轮箱以分期付款的方式卖给渔民及船业公司。至此,梦莉的公司与中国的贸易业务迈上了一个新台阶。此时,梦莉那颗爱国之心方得些许安慰。她在《中泰建交前赤子心》中写道:"回忆四十多年来,我经营中国船机的酸甜苦乐,我的齿轮箱情,我的中国心,想到中国的船用机械、器材在泰国占尽优势,多少也有所慰藉。"此话耐人寻味,感受她的齿轮箱情结,是那么的深邃;触摸她的中国心,是那么的炙热。耳畔不由响起张明敏唱响神州的那首《我的中国心》:"河山只在我梦里,祖国已多年未亲近,可是不管怎样,也改变不了我的中国心。洋装虽然穿在身,我心依然是中国心,我的祖先早已把我的一切,烙上中国印……就算生在他乡也改变不了,我的中国心。"我感到,梦莉的爱国情愫正随着这首歌的旋律流淌,浸透了我的心灵。

发表于2016年6月9日泰国《世界日报》湄南河副刊

永远在一起

目不转睛，流连忘返，《永恒的丰碑》的视频让我心旌荡漾，久不平息。

一帧帧熟悉的场景、一张张亲切的容颜、一段段荡气回肠的画外音，史诗一般，气壮山河，仰不愧天，直抒胸臆，情意绵长，掀起我心底暗涌的波澜，燃起千丝万缕的怀旧情愫，勾起对北大荒深沉隽永的思念。延兴、十三团、延军农场……这是镌刻我心的青春地标，是凝练我达观心智的道场，是我永志不忘的第二故乡。那山，那水，那土地，那群人，前尘旧影，奔赴心头。

四十八年前，全国几十万知识青年响应毛主席关于"知识青年到农村去，接受贫下中农再教育，很有必要……"的伟大号召，走出校门，从祖国的四面八方奔赴北大荒。其中，汇集到延兴农场的初高中毕业生数千人，分别来自北京、上海、哈尔滨、天津、浙江省的温州市和宁波市。1968年12月，延兴农场被编入沈阳军区组建黑龙江生产建设兵团，二师十三团（萝北县设字206号信箱），自此，我们这些知识青年开始建设边疆、保卫边疆的半军事化生涯。而率领我们屯垦戍边的，除了沈阳军区派来的少数现役军人领导，大部分都是那些"一颗红心交给党，英雄解甲重上战场"的1958年和1966年的转业官兵，他们是延兴农场的创始人和建设者。我清楚地记得，当时担任团长的是现役军人、少校任连湘，副团长有王承先、管庆林，副政委是单西庆，其中王承先是1950年的转业尉官，管庆林和单西庆都是五八转业尉官。此外，团部各部门的领导和各连连长、指导员，大都是久经沙场、南征北战的将士英豪。当时，他们中的很多人都已步入中年，但个个英气十足，豪气不减，带领我们这些兵团新人一手拿镐、一手扛枪，备战备荒，冲在扩大生产的第一线。

实难忘二连连长蔡景堂、八连连长胡作良、十连连长刘凤全、十二连连长刘忠凯、十三连连长戚长富，还有连队的指导员们，率领着我们这些刚出学校门的小青年挺进渺无人烟的大草甸子和荒山野岭，披荆斩棘、建设新点，用军人的钢铁般意志和英勇奋战的壮举为我们传递着北大荒精神和力量。彼时，尚在二连担任副指导员、也是我后来的先生曾在日记里深情地写道："看着今日的北大荒，有谁能追述一下她的过去呢？这茫茫的荒原上留下了多少人的足迹啊。这里有见证人，请问那头发花白，饱经风霜的老连长吧！这里有见证物，请看那久经风雪的马架房吧！这里的第一代主人，那些南征北战的革命前辈们，他们十几年如一日在这块土地上勤勤恳恳地工作、战斗，为祖国、为人民、为他们的后代毫不吝惜地倾洒着汗水，贡献着他们还没耗费完的精力和一切。他们是何等的可亲，可敬啊！"

我知道，这不仅是先生一个人的心声，凡是与这些老领导共事过的知青都曾发出过同样的感慨，亦包括我。曾任八连副指导员的张荣华对连长胡作良敬佩之至，她亲身感受到这位在解放战争中赴汤蹈火，以善打硬仗为名的连长魅力。他雷厉风行、以身作则，八连的将士跟着他披肝沥胆，在那荒无人烟的大山里挖水利、开荒田、盖家园,实现当年建点,当年播种,当年打粮的传奇,获得团里的嘉奖。

想到这些五八转业的老领导,我的眼前总浮现出管庆林副团长那高大魁梧的身影:身穿黑棉袄,腰扎一草绳,戴顶棉军帽,领着我们十几个知青在封冻的黑龙江江面上驱赶着一辆越过主航道进行挑衅的苏联军车。那辆军车正在利用滴水成冰的气候,在我国领土上栽下长长的一行柞树枝。管副团长义愤填膺,一面徒手拔掉冻在江面的树枝,一面带领我们高喊口号:"打倒苏修!打倒新沙皇!"呐喊声震天动地,气贯长虹。在茫茫白雪覆盖的黑龙江上,我们紧跟管副团长,高喊附和,向对方军车示威,逼它撤回到主航道的另一边,直至上岸,走远。那是1969年元月的一天,我刚刚来到兵团三个月,就亲眼看见这位身经百战的指挥员临危不惧、穷追不舍、视死如归的英雄气概,他用自己的实际行动,给我们上了一堂生动的爱国主义教育课。

提起这些转业官兵,有说不完的故事,兵团的岁月里,我们无时无刻不在一起。对于我们这些刚刚踏入社会的知识青年来说,这些永不褪色的军人远远超出了工作中领导的意义。他们的政治觉悟、精神境界、道德情操、意志品格和工作作风,为我们树立了平凡而伟大人生的光辉榜样;他们高扬的"艰苦奋斗、勇于开拓、顾全大局、无私奉献"的北大荒精神注入了我们的心灵,激励着我们在那片黑土地上挥洒青春,拥抱理想;铸就了我们一生艰苦奋斗、不怕困难,勇往直前的内力,自强不息。

曾任十一连副指导员的滕俊原对指导员王应科的帮助记忆

犹新,感恩戴德。他说:"我刚当副指导员时,可谓初出茅庐,待人处事不够成熟,忽左忽右,群众对我非议较多。但是,指导员始终对我信任有加,循循善诱地耐心帮我认识问题,提高领导能力,鼓励我放开手脚,大胆工作,为我撑腰。他有两句话让我受用终身,一句是:你大胆干,天塌不下来!另一句是:对人的处理要持慎重态度。"这或许就是他返回上海后,在新的职业生涯中,竿头直上,从一个高峰走向另一个高峰的基础吧!

我记得曾和战友陈元千谈起她在十二连担任副指导员的那段经历,她给我讲过一个惊心动魄的故事。那是一个寒冷的冬天,大雪封山。一天,她和连长刘忠凯徒步去团部开会。途中发现一条狼向他们走来,多亏有经验的连长在身边,立刻要她止步,静静地隐蔽起来,等待狼走开。她忐忑不安,手心里攥着一把冷汗,而连长却镇定自若,犹如对敌人了如指掌似的,看着狼穿过他们的视线。她由衷地赞叹这位连野兽都敬畏的、穿着便装仍气宇轩昂的连长,感谢他不仅救了她的生命,还让她学到了应对恶劣环境的智慧。这位后来被提拔到二师担任副政委的精英,再后组建团中央,又被任命为组织部长的知青佼佼者深有感触地说:"五八、六六转业官兵和我们知青是北大荒三大建设主力,也是同甘共苦、生死与共的战友和亲人。"

这是我们知青共同的感受。四十八年了,无论是战友情还是亲情,随着时间沉淀,越来越深,越来越浓。这也是近年来社会上掀起知青返乡热潮的原动力。北大荒不仅有我们的壮丽青春,还有那些无私无畏,献了自己献子孙的五八、六六转业官兵——我们的亲人!

去年春节，战友薛培松告诉我，她和另外几个四连战友开车去张家口，专程看望他们曾经的指导员李思考。她说：李指导员和江连长（江学成）是自己走向社会的第一任领导和思想领路人，培养她走上副指导员的领导岗位。她高兴地看到，老指导员虽已年过八旬，但红光满面，精神矍铄，只是记忆力模糊，听力下降。但是，他能准确地叫出薛培松的名字，令她热泪盈眶。

我和先生于2008年夏天带着女儿回团探望，沧海桑田。想见的人很多，但能见到的人已经很少，不免有些怅惘。但是，当我们站在耸立着抗日英雄纪念碑的山顶，把延军尽收眼底时，心境豁然开朗，彼时盛产马架房的洋灰垛已经变成一座现代小城，历史的车轮不可阻挡，过去的时光永远逝去。他们——五八、六六这两批的北大荒前辈和建设者们，已经被我们放在心里，没有什么能够改变；不管他们现在在哪儿，纵然有一天他们都已离去，只要心在，我们就和他们在一起。每每想起，心里总有一股不可描述的浩荡和骄傲，因为我们曾经和他们一起征服北大荒，建设延兴、十三团、延军农场。

北大荒先驱的思想永远在我们心里闪烁，北大荒先驱的精神永远在我们的天空飞翔。

2016年1月13日于北京

新中国的保尔·柯察金

最近被小说《鸭子河》吸引。这是我阅读到的关于知青题材小说中最好看的一部。原本我们在兵团经历的那些不堪回首的事情,在作者笔下都成了津津有味的故事和传奇。凡是有黑龙江生产建设兵团经历的人都会熟悉这本书里的故事,阅读时很是亲切。加之作者行云流水般的文字,斧凿般的语言功力,让这本知青文学作品既彰显了那个时代背景的特点,又不失其历史真实。一章章、一节节,不时把我带入距离鸭子河不远的鸭蛋河、黑土地、白桦林,重温那刻骨铭心的兵团岁月。

《鸭子河》的作者老阳,本名杨世祺,是二师17团的哈尔滨知青,其本人的经历就是个传奇。他在兵团足足待了十一年,"文革"后考入中国人民大学,当过大学老师、处长、外交官和企业家,退休后又开始尝试文学创作,而且确立了撰写六部巨作的宏伟目标,让人惊叹不已。《鸭子河》是他的处女作,真可谓我们战友中的极品人物,也是近半个世纪来中国历史上弄潮儿、佼佼者。

毋庸置疑,这本书里的每一个故事都是作者的亲身经历,所以读者会感到书里的字字句句都是作者心底的岩浆在喷发。他的文字没有专业作家的冗长渲染和铺垫,却有现代文艺青年的调侃与诙谐。其笔格简练、幽默、遒劲,寥寥数笔,将故事情节交代得清清楚楚,人物亦刻画得淋漓尽致,读者上瘾,欲罢不能,看了上篇,想下篇,我就是花了三天的时间,一鼓作气，读到最后一页，意犹未尽。

书中的鸭子河，原名蒲鸭河，在绥滨县境内，离萝北不远。书中描述的很多事件都是当时兵团司令部的统一部署，我们十三团当时也曾经历过，例如，按照现役军人要求组建武装连；紧急架设临时战场通信线路；小镰刀打败机械化，从沼泽地般的水田里捞麦子；农业学大寨，建大寨田；卫生队推广耳针麻醉，临床实验漏洞百出，等等。书中的主要人物五连连长李东山、六连连长王旭文都是五八年那批转业的军官，他们的形象让我想起我们十三团1958年那批转业干部，赵振恒、蔡景堂、李思考等人，他们也都曾是解放战争中的英雄，部队里的骨干，开垦北大荒的元勋，我们知青的连长、指导员和导师。我想他们的故事写出来一定与书中描述的两位连长同样气贯长虹，令人敬仰。书中那些在鸭子河畔挥洒青春的人，左琳、毛子、眼镜、达雅，以及我自己等来自北京、上海和天津的知青，个个性格鲜明，有血有肉，活灵活现地跃然纸上。他们单纯、热情、勇敢、正直、向上、义气，无论是架线杆、抗洪水、救山火、伐木头还是烧砖、盖房、晒粮……一不怕苦、二不怕死，从不言败，用激情、热血，甚至生命铸就知青精神的不朽丰碑。

我跟随《鸭子河》里康拜因的隆隆声、二八拖拉机的马达声、白桦林里的伐木号子声，穿越时空，回到当年曾奋斗过的那片土地，重新审视知青时代的那段历史，感到从未有过的震撼。我突然找到了兵团五连战友靳良玉QQ的昵称"我是谁"的答案，可以毫不愧色地说："我们是新中国的保尔·柯察金，我们是那个时代最可爱的人！"如同战友程晓峰献给奔赴边疆四十五周年"相约北京2013"兵团战友聚会上朗诵的散文诗所云："我们是祖国的骄傲,曾挺直腰杆迎接时代风雨;我们是共和国的脊梁,曾为社会发展创造不朽的业绩。我们甘于奉献,我们锐意进取,我们心存高远,我们坚持学习。"

我想,不管后人如何书写我们经历的那段历史,"知青"将不再是一个前无古人后无来者的特殊群体的代名词,而是一个具有历史意义的符号,和知青精神一起永恒。知青的悲喜人生大戏定会为中华民族世代子孙成长提供具有激励作用的巨大正能量。

2013年11月24日于北京

味到深处

美食也能震撼人心!

这是我在看过电视纪录片《舌尖上的中国》后发出的感慨。本来都是些寻常饭菜,片子里却变得那么唯美,精致的画面、精致的食材、精致的音乐,精致得让人垂涎不止;而片子所展示的中国博大精深的饮食文化、寻常百姓家的真实生活、美食背后的人文情怀更是令人动容,余韵无穷。尤其是第二季——"家常"一集,以百姓日常饮食为主题,弥漫着浓浓的乡愁。每一道地方风味菜肴,每一家热气腾腾的厨房,每一位女性忙碌的身影,每一顿其乐融融的聚会,都让人想到家和妈妈的味道。

"家常"一集中,每一道菜都由具体的故事支撑,每个故事都以一个家庭为单位进行描述。其中最打动我的是上海红烧肉那道菜。这道菜的故事主人公不是上海本地人,而是一位辞去公职、离开丈夫和父母,从河南来到上海陪伴女儿在音乐学院附中上学的中原人——一位为了孩子的前途可以舍弃一切的中国式母亲。当看到这位母亲把一盘精心烹制的酥而不碎、甜而不粘、浓而不咸、肥而不腻的红烧肉端上餐桌时,我的眼睛湿润了。那是她为了给孩子增加营养向邻居学的,手艺已经炉火纯青,盘中那一块块红扑扑、亮晶晶、颤巍巍的五花肉,倾注了她的全部情感。女儿吃在嘴里的是红烧肉,吞下的则是妈妈的一份苦心,那滋味已植根于孩子内心深处,激励她奋发图强、勤学苦练，最终在国际小提琴比赛中夺魁。

自然，味觉还深深地刻在孩子的记忆中，即使走遍天涯海角，熟悉的味道亦会提醒她，家的方向。也许正是有了这种妈妈的味觉记忆，才有了世上千千万万游子的不灭乡愁。

上海红烧肉的故事唤醒了我的记忆。对我来说，妈妈的味道是薄皮大馅的素菜蒸饺，咬一口，满嘴含香，香掉牙齿。这味道要追溯到五十四年前的夏天。彼时正值自然灾害最难熬的时期，东北不仅粮食紧缺，蔬菜也少得可怜，即使在万物繁茂的7月，也是如此。那是一个周日，我在蔬菜商店排了整整一个上午队，才买到两斤大头菜（甘蓝）帮子，就是现在我们烧菜时要掰下来扔掉的部分，可那时却能做出一顿终生难忘的美食。我拿着菜，兴高采烈地跑回家。十一岁的我，为能帮母亲独当一面，甚感得意。妈妈高兴地接过菜，赞我能干，表示要做一顿美味作为奖励。

那天傍晚，我带着妹妹们在院儿里跳皮筋，玩兴正浓，妈妈喊我们回家吃饭。一进家门，一股扑鼻的香味迎面而来。家里很久没有飘过这么香的味道了。我们立刻兴奋起来。桌上已摆好了碗筷，还有一瓶醋。妈妈让我们坐好，然后从厨房端出一盆热气腾腾的菜帮子蒸饺，放到桌上。那是一盆薄皮大馅的蒸饺，个个亮晶晶的，透着绿色。我迫不及待地夹起一个往嘴里放，咬一口，满嘴都是馅，好清香，好爽口，仔细品品还带点儿油条味。我急忙观察筷子上夹着的半个蒸饺，发现馅里有黄黄的、炸过的面疙瘩和焯过的粉条。即刻，我对母亲的厨艺拜服得五体投地，不论什么食材，她都能炮制出人间美味。我一边吃一边赞不绝口："好吃！""真好吃！"妈妈坐在我对面，笑看着我们几个孩子狼吞虎咽,自己却没动筷子。我让妈妈吃,她说做饭时吃过了。很多年后,等自己做了母亲才明白,她哪里是吃过了,是舍不得吃呀!

那顿饭,我吃了八个蒸饺,无限满足。这顿菜帮子蒸饺成为我有记忆以来最好吃的一顿蒸饺,也成了我印象最深、妈妈味最浓的美食。尽管后来母亲做过无数次蒸饺,但都不能和那天的味道相比。从此,大头菜帮子蒸饺成了我的最爱。妈妈懂我,后来日子好过了,常常包素蒸饺给我吃,馅儿的主料从大头菜帮变成大头菜心,或者其他时令蔬菜,有时还加鸡蛋、豆腐和素鸡等蛋白质高的副食,可味道都比不上那天的好。显然,我的味觉已偏离了轨道,更多的是对旧日时光的深深眷恋。直到结婚后,我自己学着做饭时,还专门用大头菜帮子、油炸面疙瘩和粉条包过蒸饺,希望能找回那个味道。然而,时过境迁,与记忆中的味道已相去甚远,唯有做的萝卜馅蒸饺与母亲做的味道相差无几。这也算作一个安慰,虽然妈妈的大头菜帮子馅蒸饺技术失传,萝卜馅蒸饺技术则传承了下来。

后来,我无意之中听到刘宝瑞说的单口相声《珍珠翡翠白玉汤》,方恍然大悟,并非是妈妈的大头菜帮子蒸饺技术失传,而是日子好了,再也无需饥不择食,看见吃的就两眼发光,过去挨饿时连想都不敢想的美食如今已成老百姓的家常便饭。我们吃饭不再仅为果腹,而是为了均衡营养和享受美味了。如今,大鱼大肉已经过时,素食成了现代饮食文化中的时尚标签,并冠以回归自然、回归健康,保护地球生态环境和返璞归真的文化理念。我想,如果母亲尚健在,也算得上时尚美食界的先驱了,她做的素馅蒸饺一定能创出品牌。

几十年来,东奔西走,尝遍大江南北无数美味,始终无法和母亲的素馅蒸饺相提并论。偏爱是一方面,更重要的是,这是一种超越味觉的美妙,是从小就习惯了的妈妈的味道。一如《舌尖上的中国》所要表达的主旨,味到深处即是家。

发表于2015年12月1日《泰华文学》第79期

佛的使者

来泰国后,我对这个佛教国家产生了浓厚的兴趣,很想探究一下,为什么佛教会成为泰人的信仰,以至于全国95%以上的人都信奉该教。于是,上网查找佛教的知识和资料,先给自己扫扫盲。就这样,南怀瑾先生的《金刚经说什么》走进我的眼帘,让我第一次感受到佛经的魅力,甚至有点着迷。并非是"佛"的神秘和"空"的境界让我欲罢不能,而是那浅显意深的理论和美不胜收的文字,犹如满汉全席一般全面满足我的精神需求。虽然缺乏佛教知识基础,对文中很多地方感到难以消化,但在南先生的指引和解说下,每读一品,都感到沁人肺腑,身心不啻受到一次洗礼。

南先生说,《金刚经》按学术分类应归入般若部,所以也称《金刚般若波罗蜜经》。"般若"这个术语,来自梵语的译音,被解释为"大智慧",也有人称其"妙智慧",想来主要是为了令其区别于普通智慧。它包含了五种般若的智慧,即实相般若、境界般若、文字般若、方便般若和眷属般若,这五种般若的内涵就是《金刚经》里的大智慧。在《金刚经说什么》的开篇,南先生就详细地解释了这五种般若,让我大开眼界,也让我疑惑不解,对有的概念甚至感到玄虚。

比如"实相般若"就很难理解,为此,我花了不少时间查资料以求认知。用南先生的话来说:"实相般若就是形而上的道体,是宇宙万有的本源,也就是悟道、明心见性所悟的那个道体。在佛学的文字上，悟道就是见到那个道体的空性，叫作实相般若，属于智慧的部分。"在我现有的知识范畴里还没有"形而上"的认知，只有"形而上学"的概念，那可不是什么好概念，是一直被批判的唯心主义的概念。我不知道怎么理解"形而上的道体"，又上网去查，发现了《易经》中"形而上者谓之道，形而下者谓之器"的解释。"形而上"指的是哲学方法，思维活动，抽象的。"形而下"则指可以捉摸到的东西或器物，具体的。于是，我理解"实相般若"是追求事务本源的智慧，包括知识、经验、悟性、思维、观念、分析方法等等，这也符合"实相般若"属于般若中最根本智慧的定位。

关于"境界般若"，南先生用了两句诗来描述"境界"的含义，十分形象：一个是"云在青天水在瓶"，立刻让人想到云在天上飘，水在桌上的瓶子里，一个远在天边，一个近在眼前，两个境界一清二楚。又如宋代诗人雷庵正受的诗句，"千江有水千江月，万里无云万里天"，让那种只能意会不可言传的精神境界跃然纸上。当然，我能理解的境界远达不到悟道的境界。不过，我真是渴望那种境界，一如南先生所云："真悟道的人，智慧开发是无穷尽的，佛学的名词叫作'无先生智'，也叫'自然智'。自己本有的智慧仓库打开了，不是老先生传授给你的，是你自己固有的智慧爆发了，天上天下，无所不知。"不敢想象，像他这样博古通今的大居士，是不是已经悟道了呢？！耄耋之年仍然思维敏捷，出口成章，文采飞扬，令人惊讶、羡慕、敬佩。

至于"文字般若"，有点神，甚至不可思议，却令人神往。南先生说："文字般若，在悟道以后自然发生，不是凭我们的聪明来的。""过去千万生读的书都会搬出来,就是因为般若智慧都出来了……有人看书,眼睛一瞄,这一页就过去了,一目十行,日记千言,到老而不衰,甚至老了记忆力更强。当然,这必须要定力,要般若的智慧才行,这就是文字般若。"太神了,很有诱惑力!

还有"方便般若",这是个无师自通的"术"的智慧。按照南先生的解释,悟到"方便般若"的境界,就可以像千手千眼观世音菩萨那样,千手护众生,千眼观世界。无论众生是渴求财富,还是想消灾免病,千手观音都能大发慈悲,解除诸般苦难,广施百般利乐。所以要真正做到大慈大悲,就要具备千手千眼的方便才行,这就是"方便般若"。对此,本人实在不能理解,甚感玄幻。如果世上真有此境界的悟道者,科学发明就不必那么艰难了吧,世界大战就打不起来了,非洲的饥荒亦不会饿死那么多人……

说到"眷属般若",南先生如是讲:"是跟着悟道的智慧而来的,佛学名词叫'行愿',用我们现在的观念来说,是属于行为方面的。"而佛学讲布施、持戒、忍辱、精进、禅定、般若六度,般若前面有五个行愿,也是五个相关眷属,故称"眷属般若"。南先生对此并未有进一步探讨,对此智慧我几乎没概念。不过,我仍感幸运,手头看的第一本佛教经书就是一部集上述五种般若大智慧的经典,不能不说这生与《金刚经》也算有缘。

虽然,我对五种般若智慧的认识囫囵吞枣,但是南先生的《金刚经说什么》还是让我茅塞顿开,走出对佛教的神秘和误解,了解了一个真正的修道者应该怎样思、怎样看、怎样做。

南先生说:"佛说的法是哲学里的哲学,经典里的经典,世界上真正的形而上学的道法,直截了当,全部都告诉我们了,但我们不知道。"对此,我感触颇深。佛经里说的很多道理,我们都曾学过、遇到过、面对过,亦曾实践过。比如:"住即不住,不住即住,无所住,即是住。"我理解,做任何事情都要讲究个度,不能过分,也就是物极必反的道理。其实,这个道理无处不在,生活中我们常说的成语,胜不骄败不馁、适可而止、过犹不及、乐极生悲等,讲的都是这个理。

修炼成佛自然不是件容易事,但也不是不可能,前提是必须懂得如何做人。如果我们懂得怎样做好一个平凡的人,而且尽力而为,那就离成佛不远了。当然,也要看你怎么理解"平凡"这两个字。其实,做人最难克服的就是欲望,一心想修炼成佛的人也是贪欲者,即被成佛的欲望缠身,佛经的术语叫作"着相",出发点不对就是鬼迷心窍,这样自然不可能修成正果。关于解决"着相"的问题,南先生引用了苏东坡的两句诗,很形象:"人似秋鸿来有信,事如春梦了无痕。"妙不可言矣。

《金刚经》告诉读者很多辩证理念,针对精神方面的宏观范畴,给修炼人的核心忠告是,世间万物变是永恒的,不变是相对的。这就是为什么佛在肯定自己说的话后,又很快自我否定的原因。这和我们现在常说的要与时俱进的道理十分相像。我没有想到佛经也教人辩证地看问题,让人们不要停止自己的思想,包括佛祖释迦牟尼本身也不例外,要求人们不要盲目崇拜他人,不要迷信他人的话,要根据宇宙的不断变化而变化自己的思想和举止。这使我不仅为佛祖的高尚思想和品格肃然起敬,更为其科学的宇宙观叹为观止。

我曾无数次看到很多现代人走进寺庙，花天价买高香，跪在佛祖像前，为各种诉求祈福，仕途、发财、健康、婚姻、儿女……不一而足，并以重金还愿。他们哪里知道，佛祖并不希望世人迷信他，更不愿看到这种没有信仰，只为和他做交易的唯利是图的小人心态。

此书最深得我心处是南先生深入浅出的讲解和幽默的语言魅力，看他的讲稿都能发笑，可想而知，那些亲临现场的人会得到怎样一种愉悦体验。让人更为钦佩的是，九十岁高龄的老先生能用时尚语言、鲜活案例，以青年人的认知水准诠释《金刚经》的内容。在我看来，他就是佛祖释迦牟尼的一位人间使者，他的布道，让当代人认识了《金刚经》，更好地理解了经文的真谛，受用余生。

发表于 2016 年 11 月 17 日泰国《世界日报》湄南河副刊

命运方程式

落笔之际,首先要感谢泰国是拉差老虎园董事长张祥盛先生,是他送了我这套精美的线装《了凡四训》,让我爱不释手,百读不厌,颇有相识恨晚之感。如果四十年前,或更早读到此书,我的命运绝非如此,起码不至于带着诸多遗憾离开职场。不过,老话说得好,"好饭不怕晚。"有生之年能品尝到这样沁人肺腑的心灵鸡汤,也算幸事一件。况且,只要精神世界足够强大,年老色衰、身体羸弱又何妨?

《了凡四训》是一本种德立命、修身治世的教育类书籍。作者为明代袁黄,字坤仪,彻悟人生真谛之后,改号"了凡"。本书是他以亲身经历为蓝本,讲述改变命运的道理和方法,原本是为教训自己的儿子,故取名《训子文》;其后为启迪世人,遂改为现名。据说,晚清在民间教育界有"一书一训"之说,一书即为《曾国藩家书》,一训即为《了凡四训》。奇怪的是,前者在社会上备受热捧,后者却在信奉佛教的人群中流行开来。不过,曾国藩本人对《了凡四训》极为推崇,以至读后改号"涤生"。涤者,取涤其旧污之意也;生者,取了凡之言:"从前种种,譬如昨日死;从后种种,譬如今日生也。"并将该书列为家族后人必读的第一本人生智慧之书。

作为现代社会的一个小人物,我对《了凡四训》的理解自然无法达到这位中国近代著名政治家、战略家、晚清名臣的认知高度,但心灵确实受到一次彻底的洗礼,而且感到有生以来第一次如此清楚地认识自己,毫无怨言地从耿耿于怀的过去走出来,看着万里晴空,听着喜鹊啁啾,心情格外愉悦。

几十年来,我一直纵容自己的坏脾气,动不动就发火,从未有过改正的念头,错误地认为这是天性,并用"江山易改,禀性难移"的古话来宽慰自己,还大言不惭地要求别人理解自己,包容自己,害得周围同事颇有愤懑,丈夫孩子对我亦无可奈何。大半生下来,尽管苦干实干,事业上仍未抵达自己设定的目标;在家里,我也称不上贤妻良母。现在想来,这既是命数,也是无知所致,并不懂得"天作孽,犹可违;自作孽,不可活"的道理。我的行为举止很大一部分都是随性所至,说是"自作孽,不可活"也不乏道理。

"命自我立,福自己求"是《了凡四训》的核心。作者以自我改变命运的事实说明,一切祸福皆能人为掌握,行善则积福,作恶则招祸。本来,了凡之命被孔先生算定,一生无高官厚禄,五十三岁寿终,且无子嗣,实在有点悲凉。开始,他信命又任命,按部就班地活了二十年。后经云谷禅师开示,才意识到这是消极的人生态度,信命不能任命,要以积极的态度去求变。云谷禅师对他说:"求在我,不独得道德仁义,亦得功名富贵;内外双得,是求有益于得也。若不反躬内省,而徒向外驰求,则求之有道,而得之有命矣,内外双失,故无益。"

这段教训实在深刻。这使我想起前一段时间看过的美国著名心理学家斯科特·派克写的《少有人走的路》,其中一段精辟论述道:"解决人生问题的首要方案,乃是自律,缺少了这一环,你不可能解决任何麻烦和困难。局部的自律只能解决局部的问题,完整的自律才能解决所有的问题。"真是"天下智谋之士所见略同耳"。所谓"求在我"不就是自律嘛！而完整的自律就是从内心求，而非向外界求。怨天尤人，只能让自己的处境越来越糟。试想，自己做错了事，要求别人原谅和宽容，也许有一个人会愿意，但不可能所有人都愿意；可能得到一次原谅和宽容，绝不能每次都得到原谅和宽容。让所有人都为你而改变是不客观的，也是天理不容的。用云谷禅师的话来说，外界是常数，不会变；自己的内心是变数，改变命运全靠自我如何调整这个变数。换句话说，凡事，如若不反省自己，一味地想得到，即使获取的方法得当，真的得到了，也是命数里有的，那不叫求得，只有得到命数里没有的才叫求得。就像了凡，用积极的人生态度修行自己，改正缺点，一生积德行善，最终改变了他最初的命数，不仅做了高官，有了儿子，还延长了寿命，活到七十三岁。

且不说，了凡的天命被算得是否准确，也不说他为改变命数做了多少好事，仅就他敢于反省自己，把所有的缺点摆在光天化日之下，承认自己福薄，不应该中科第，就足以令我敬佩。特别是他说的那些缺点都是我也存在的，却不自知那是作恶之源，如性情急躁、喜欢发怒等。了凡在书中告诫：这是个大毛病。不耐烦，性情急躁，自然不能容人，不容人也就是心胸狭小，就不能用人，不能够服人，此乃为官之大忌。其实，做普通人也是一样，谁愿意和一个动不动就发火的人相处呢？这么多年，我一直认为脾气不好是小节，无关本质，现在看来，这种认识是避重就轻，如果意识到这是心胸狭窄的表现，就不会这么不以为然了，因为这是个德行问题。

此外，还有"直心之行，轻言妄谈"，也就是我们常讲的"使性子"，高兴怎么做就怎么做，不顾别人的感受，而且想怎么说,就怎么说,伤害了别人,还不自知。这些内容都说到我心里去了。大半辈子了,同事、朋友和亲人都说我是心直口快,是"刀子嘴豆腐心"的人,说到底,还是不容人。记得先生曾不止一次劝导我:"得饶人处且饶人,不要让人觉得你那么刻薄。"可我却固执地认为,自己是个有原则的人,心胸坦荡,敢做敢当,任人评说好了。这可真是大写加粗的四个大字——刚愎自用!作为一个女人,太不可爱了。

"汝今既知非。将向来不发科第,及不生子之相,尽情改刷;务要积德,务要包荒,务要和爱,务要惜精神。从前种种,譬如昨日死;从后种种,譬如今日生;此义理再生之身。"我在了凡的这段话前,久久徘徊,不由想起张祥盛先生在送此书时说的一段心得:"此书改变了我的后半生,照着了凡的内求理论修炼自己,精神境界高了,生意成就也远超从前。"直到此刻,我才真正理解这番话的深层含义和他这些年竭尽所能的种种善举。他把《了凡四训》作为自己的人生指南,视了凡为榜样,潜心修炼自己、升华自己,获得"内外兼收"的成效。这是何等虔诚的读者,又是何等优秀的学生?了凡说:"务要日日知非,日日改过;一日不知非,即一日安于自是;一日无过可改,即一日无步可进。"他活学活用,并深刻体会到:"有了今天,就觉得昨天所做的一切是那么渺小。""活到老,学到老"是中国古人描述人生境界的一句俗话,再加上"改造到老",就成为张祥盛先生传递给我们的思想,以及他学习了凡后修炼自己的深刻体会。

无论是阅读《了凡四训》,还是聆听张祥盛先生的学习心得,都让我想起工作时向青年人推荐的一本美国作家杰克·霍吉撰写的畅销书——《习惯的力量》,其中的一句精辟论述记忆犹新:

"思想决定行为,行为决定习惯,习惯决定性格,性格决定命运。"仔细想来,这位21世纪的美国人所倡导的职场成功学与17世纪中国官场五品大员袁黄所指教的成功学不谋而合,即在命运的方程式中,只有一个变量,那就是人本身,而变化的幅度和正负取决于人的思想。用数学的方法,可描述为:S(成功)=F(外部环境)×X(智商+情商)。

其中,外部环境因素包括社会环境、时代背景和其他非个人的因素,如领导、同事、家人等等,这些都是常数,个人无法掌控;X中的"智商",一般来讲70%来自遗传,30%是后天开发出来的,而且二十岁时基本定型,也成为常数;只有"情商"是可以不断提升的唯一因素,也就是说,提高情商是改变命运的关键因素。可当我们展开情商仔细分析时发现,其包含的详细内容"自我意识、自我管理、自我推动、为他人着想、良好的社交能力"等等,在《了凡四训》中都有详细论述。悲哀的是,中国的教育权威从未把这样好的书籍列入必读书目,甚至一度被批判得体无完肤,以至于我们很多人一直以来对老祖宗传下来的成长智慧视而不见,而对那些舶来观念却如获至宝。

所幸,近年来国家提倡国学教育,并把蒙童教育与国民教育放在首位,这是可喜的事,希望我的孙儿们都能掌握中国文化的基本精神内核和做人做事之道。至于我本人,要把《了凡四训》中的"日日知非,日日改过"作为今后的座右铭,认真修炼自己,净化心灵,不断提高命运方程式中的情商因素,在有限的时间内尽可能地增加变量的正数,减少负数,以获得最佳的结果。

发表于2016年10月12日泰国《世界日报》湄南河副刊

心光

忆母八则：我心中的太阳

壹　启蒙老师

我的母亲是一位勤劳善良、美丽聪慧、自强不息的女人。她的一生虽没做过什么惊天动地的大事，却也非等闲之辈，不论是当工人还是做主妇无不可圈可点，在我们老家，可算是首屈一指的女强人。

母亲上进、好学，识字虽少，却是个有见地、有思想的人，如今，虽已是耄耋之年，仍然思维敏捷，兴趣广泛，央视科学频道的《探索与发现》是她最爱的节目，很多热播连续剧的情节也能如数家珍，更毋庸说打扑克、玩麻将这样的"斗智"把戏了，其精神头和对新生事物的接受能力让很多刚刚步入花甲之人都艳羡不已。

我非常爱我的母亲，她不仅给了我生命，还灌输给我巾帼不让须眉、女儿当自强的思想，活到老学到老的拼搏精神，人敬我一尺我敬人一丈的处世哲学，吃苦耐劳、勤俭持家的传统美德和刚烈、倔强的性格。都说母亲是孩子的启蒙老师，我对此体会颇深，母亲是我一生中最好的老师，甘露般滋润着我的灵魂，熔炉般铸就出我的筋骨。

我是家里的长女。父亲是松花江上的船员，每年在家的时间不过四个月，致使我从小就成了母亲的伙伴、参谋和干事。不论家里什么事，母亲都要和我商量，明知我听不懂她在说什么,也要唠叨一番,以示经过了讨论,从而坚定自己决策的信心。等到了八九岁,我很自然成了母亲的助手,里里外外,凡我能干的母亲都放手让我去干。倒不是她有意识地锻炼我的能力,而是彼时,我是她唯一能调动的有效人力资源,是"穷人的孩子早当家"之活样板。

我与母亲相差二十岁,但从未有过代沟,颇似金兰,有说不完的话。离家四十载,凡是回家都和母亲腻在一起,车轱辘话几天说不尽。令人十分感慨的是,每次我都能发现她的言谈中出现一些当年的流行新词,颇有与时俱进之感。但有一个观念始终牵绊着她——不孝有三,无后为大。这辈子没有生个儿子是其无法释怀的心结,她总感觉身为女人不够完美,甚至愧对丈夫。无论她的五个女儿如何孝顺,都无法弥补这个缺憾。

今年,农历甲午马年,也是家母的本命年。妹妹们为她买来红内衣、红内裤,祈求母亲健康、长寿、吉祥。我为她画了一张她中年时的素描,祝福她精神矍铄,永葆青春。同时,我把记忆深刻的关于母亲的故事写出来,让她的思想、精神,以及她所营造的家风作为传家宝,教育和影响我的下一代。

献给母亲 84 岁寿辰
2014 年 2 月 11 写于北京

贰　童年开出一朵苦难的花

1931年元月二十日,母亲出生于黑龙江省呼兰县一个优渥富裕的农民之家,排行老幺,俗称"老疙瘩",备受宠爱。姥姥希望漂亮的女儿将来好好读书,做个淑女,为其取名文芝。

姥爷是当时黑龙江孟家屯有头有脸的人物,才貌双全,坐拥房产、地产和车马,加之口才超群,是当地有名的"小张仪",十里八村的红白喜事都少不了他露脸。姥姥是中医世家的小姐,清秀而有教养,能嫁给一个农民,可见姥爷当时的魅力和实力。遗憾的是,姥姥红颜薄命,四十一岁便香消玉殒,致使母亲六岁就失去了母爱。更悲凉的是,爱妻仙逝后姥爷失去理智,染上大烟,家业速败,贫困潦倒地把母亲送到姨妈家寄养。

姨妈时年二十一岁,丈夫是呼兰县县城的一个鞋匠。他们已有一双儿女,生活并不富裕,又多了母亲这张嘴,让这个家的生活更加捉襟见肘。尽管在姐姐家的日子过得艰苦,母亲却得到了父母般的关爱。她常跟我提起小时候闹眼病,姨夫带她看大夫,为了不让她哭,背着她在院子里转圈的故事。姨夫心地善良,有文化,有头脑,不仅慈父般爱护这个没妈的小妹妹,还特别关注她的教育,曾两度送她上学,但都因交不起校服费而辍学,母亲只接受了一年的初小教育。辍学后,母亲经邻居介绍到呼兰县火柴厂当童工,自此进入苦难的深渊。

20世纪30年代末的火柴厂,工艺落后,设备简陋,劳动条件十分恶劣,车间里的工人苦不堪言。火柴原料离不了硫黄、硝酸和磷,因此,工人灼伤双手就成了家常便饭;而与有毒化学材料长期接触,患"骨糟风"的人亦很多。此病因毒素侵害较深，会令牙根腐烂，面部红肿。此外，车间里阴暗潮湿，几乎人人都有关节炎、风湿病。在这样劳动环境下工作的孩子们很难正常发育，普遍个子矮小、腿脚变形。母亲的O型腿就那时候形成的。

母亲说，彼时火柴厂女工和童工居多，特别是装盒车间，70%～80%都是八九岁的孩子。孩子们个子矮，够不着工作台，各个脚下踩着一个四条腿的凳子。童工都是计件工资，装一盘火柴（180盒）四五分钱，成人一天能装二三十盘，童工不过十盘，一个月也就挣两三块钱。如果想多挣就得延长工时，因此，车间里的灯总是亮的，很多人每天都干十几个小时。

对童工来说，累一点还不算什么，被火烧是最可怕的。因为往火柴盒里装火柴杆，必须保证火柴头都朝一个方向，而且要装满，这就必须在装盒时用手掌把火柴杆揉入火柴盒，使其均匀分布，而火柴头之间的摩擦很容易起火。因此，每装一盒火柴，都像在装一颗燃烧弹，心惊胆战。母亲说："车间里每天都会传出几次童工被烧的尖叫声，随之火药味、烤肉味弥漫整个车间，这是现代人很难想象的悲惨场景。"可怜那些手被烧坏的孩子们，无法继续挣钱，不得不回家养伤，而工厂主则不负任何责任。

母亲在装盒车间干了半年多，手也被烧过，后来，一位好心的工长帮助她离开装盒车间，到装箱车间干活。相对来说，装箱比装盒安全很多，但对一个九岁的孩子来说也不容易。特别是女孩子，要在最后一道工序搬着沉重的火柴箱子码垛，实在困难。母亲个子矮小，初到装箱车间只做前道工序，给一包包火柴贴商标和装箱，最后一道工序钉箱、搬箱、码垛，由一个长她一岁的孩子做。一包火柴十盒,每箱一百包,约二三十斤重,无论是九岁,还是十岁的孩子搬起来都不轻。没干几天,那个负责最后一道工序的孩子就病倒回家了,母亲不得不担起全部工序。麻烦的是,码垛时一旦搬不动,就会推着箱子往上面滚动,箱子间互相碰撞,也易引起箱内火柴起火,如不迅速采取措施就会酿成大祸,可资本家才不关心工人的死活。

　　沉重的木箱压得矮小的母亲喘不过气来,为了挣钱,她一声不吭地坚持着。不知是木箱太重,没成熟的骨骼承受不了,还是工作环境太糟,母亲患了严重的关节炎,在装箱车间干了两年,腿就疼得站不起来了,只能回家养病。看着生活困窘的姐姐忙里忙外,她不可能躺在家里吃闲饭,腿虽不能动,手却不闲着,坐在炕上干活。那时,姨妈每天都从火柴厂领活儿回家,要妈妈在家干,如挑火柴杆、糊火柴盒等,就这样坐在炕上干了一年多,直到能站起来了又去厂里上班。

　　再次回到厂里,她被安排在理片车间,就是整理切好的、做火柴杆的木板条,以便送入切杆工序。这是火柴厂比较安全和轻松一点的工序,母亲不必担心被火灼伤,也没有化学气味,更不用搬箱码垛了,不过,每天都要站上十几个小时,也是相当磨人。这对一个有严重腿疾的孩子来说,不啻一个考验。可对母亲来说,能干上这个工种已是她做童工期间最美好的一段时光,也是让她感到骄傲的事——由于她清脆的歌声获得了一位工厂投资人的喜欢,才给她安排了这个"美差"。遗憾的是,好景不长,她在此岗只干了半年,火柴厂就宣告倒闭。那年,她十四岁。

　　童工生活结束了,艰苦的工作环境和繁重的体力劳动在她身上留下斑斑劣迹——关节炎、风湿病伴随她终生。而童工生活锻造出的坚强意志和坚忍不拔的品格，让她在后来的坎坷人生路上百折不挠。

2014年2月21日写于三亚港门村

叁　解不开的心结

母亲出嫁很早，十六岁就与呼兰县纪家的大儿子，也就是我父亲，成亲。母亲对我说，当时急着减轻姐姐的负担，见你爸小伙子长得精神，就立刻同意嫁了。没想到，婆婆难处，她在婚后的日子里吃尽了苦头。

忘记在哪本书上看到过这样的话："受过虐待的儿媳妇成为婆婆后，大多也会仿效其婆婆，继续虐待自己的儿媳妇……"这话在我们家应验了。我奶奶出身富户，本是个有教养的小姐，嫁给爷爷后受尽婆婆和三个嫂嫂的气，精神上倍受摧残，心态被扭曲，反复重复一句话："千年的和尚修成佛，多年的媳妇熬成婆。"

东北光复前，纪家败落，爷爷奶奶被迫从大家庭搬出，独立生活。养尊处优惯了的爷爷一时改不了纨绔子弟好吃懒做的恶习，全家仅靠奶奶刮土硝和割大烟果挣钱，苦苦支撑。缺吃少穿的贫困日子，致使她生了九个孩子，死了一大半，熬到新中国成立，只剩下姑姑、叔叔和我父亲。天亮了，新政府关闭了赌场、窑子，爷爷才改邪归正，参加了工作，家里的日子一天天好起来。但是，奶奶的心态日渐扭曲，成为婆婆的她犹如复仇般开始有意无意扮演起虐待儿媳的角色。

母亲不止一次向我诉苦:"婚后,我就成了老纪家的佣人,你奶奶讲究,不吃井水,要我到离家三里多地的呼兰河挑水,每天两挑,一挑水上百斤重,来回十几里路不说,还要担水爬一个大坡,我才十六岁哇,个子越压越矮,而家里的男人都闲着。"每说到此,她都眼泪汪汪。在我看来,她们婆媳间不仅是长辈受限于封建意识,而且彼此存在文化差异的矛盾。母亲说过:"在老纪家,做饭、洗碗、洗衣服、收拾房间等家务活就不说了,你奶奶的礼数怪异,折磨人。比如,饭不能做多,也不能做少,全家人吃完后,盆里的剩饭一定要盖住盆底,否则就有损家财。为此,我没少挨骂。"此外,奶奶不让母亲多吃,说什么"老娘们儿吃过五,老爷们儿累折腰也是白受苦"。意思是,女人吃得多,家里的男人再能干,也发不了财。此言害得母亲常常食不果腹,后来灵机一动,想办法把饭压实,两碗变一碗,才不致挨饿。

令母亲最不能容忍的是,奶奶十分势力,瞧不起母亲的娘家,一年只允她回娘家探望姥爷一次,而且每次,奶奶都要她带上一条空麻袋,返程时要带回一麻袋农产品。这对一个生活在"互助组"制度下的农民来说,是十分困难的。如果母亲带不回东西或仅带很少的东西,奶奶就会喋喋不休,骂个不停。

让母亲终生痛苦的事是她怀着我时,没闲过一天,直到临盆。由于年轻,她不懂得为将要出生的孩子准备什么,加之手头一分钱也没有,更不可能买到什么营养品。月子里,爸爸不在家,奶奶不给母亲任何好吃的,连一个鸡蛋也不给煮,直到第七天,姨妈送来鸡蛋,母亲方才补充了些营养。而姑姑送给母亲的鸡蛋和家里买的鸡蛋，都被奶奶煮给叔叔和爷爷吃了，根本没有母亲的份儿。没营养还不算，连饱饭都很难吃上，以致母亲没有奶水，令襁褓里的我饿得直哭。母亲说，我生来没奶吃，后来吃不饱，骨瘦如柴，既没衣服，也没铺盖。她只能拆了自己的褥子给我做裹布和尿布，最后还是邻居好心送来一件旧衣服。

为了给孩子买衣服和被子，母亲尚未出月子就去火柴厂取活儿，靠糊火柴盒挣钱养活我。由于生来就营养不良，严重缺钙，直到五岁我的腿还站不直，走不稳，常常摔跟头。每每提到这段往事，母亲总咬牙切齿，可见对奶奶的怨恨有多深。我能理解作为一个母亲此时此刻的心情。特别是看着我的女儿待产时准备好所有的必备物品，生产后，不仅母亲和丈夫守在身边，还请月嫂专门照顾，更能理解当年母亲的凄凉和她跟婆婆的不解心结。

母亲和奶奶一起生活了六年，几乎没什么快乐的回忆。1951年，在我刚满一岁时，父亲在哈尔滨找到稳定工作，奶奶要求他自立门户，净身离家……

2014年2月24日写于三亚港门村

肆　苦井快乐着

父母带着刚满一岁的我，从呼兰县来到哈尔滨。当时，父亲在松花江的船上当水手，工资很低，勉强糊口，没有足够的钱购买生活用品，导致全家只有一床被子，铺的都是草。冬天没有钱买煤,母亲总是压着炉火,控制燃烧量。她怕我冻着,就用一块木板垫在炉子上,让我坐在上面。母亲说我小时候很乖,静静地坐在炉子上一动不动。现在回想,真让人后怕,且不说掉下来摔坏胳膊腿,一旦着起火来,我的屁股可就熟了。

自立门户之初,虽家徒四壁,母亲却喜不自禁,像飞出牢笼的小鸟,每天都快乐地哼着歌。她暗暗立志,一定要比在婆家过得好。于是,她一边带孩子,一边从袜厂取活儿,缝袜子挣钱,改善家境。她起早贪黑,焚膏继晷,后又成了鞋厂和服装厂的外编员工,纳鞋底、絮棉衣、锁扣眼、钉扣子、码裤脚,夜以继日,拼着命地干,即使在生我大妹的月子里,也不肯歇一会儿。

记得当时我们家那个单元有个姓刘的邻居也从服装厂取活儿干,可她们婆媳两人也敌不过母亲一人,同样的工作量,母亲干一天,她们要两天。倒不是母亲长了三头六臂,而是她每天加班加点,往往熬到凌晨方才作罢。在母亲的艰苦奋斗下,家里的日子一天天好起来,不仅添了基本家具、生活用品,还有了座钟、收音机、缝纫机和手表,成了我们家那片儿数一数二较早拥有"几大件"的家庭。我清楚地记得那台电子管收音机是上海产的"新时代牌",缝纫机是浙江产的"西湖牌",爸爸的手表是"上海牌"。母亲兑现了自己的诺言,不仅生活得比在婆家好,还比周围大部分家庭都好。她成了那片儿人人称赞的能干主妇,连我那位刁钻的奶奶都不得不打心眼儿里佩服母亲的吃苦耐劳和精明能干。

到了20世纪60年代,我们家已经有了五个孩子,虽然父亲已升为大副，工资也有所提高，但因人口越来越多，孩子又陆续上学，仍离不开母亲的支撑。1965年，母亲找到为建筑公司编织安全网的活儿，那是她做过最苦最累、也是收入最丰厚的一个活儿——编一张安全网能挣五元钱。按当时的工资标准，一个普通工人一个月也就三十几块钱。而母亲早上四点起来，晚上十点收工就能织一张网。赶上活儿多，一个月可编织二十张，挣上一百元，那可真是一笔不菲的收入。所幸，这批活儿只持续了四五个月，不然非把母亲累坏不可。

母亲干这个活儿的时候，我已经上中学了，对其辛苦程度记忆犹新。首先，这个活儿必须在室外完成，网纲是一根直径十公分的绳子，固定在长十米、宽七米的空地上，用手指粗细的麻绳编织七十平方米的网眼，网眼尺寸以不漏掉一块砖头为标准；其次，这活儿只能蹲在地上干，以便随着网眼的增加在网内移动，一天下来，腰酸腿疼。烈日炎炎的盛夏，正午的日头晒得母亲两臂红肿，大面积泛起水泡，头皮发痒，严重脱发；到了寒气袭人的深秋，母亲则又冻得两手红肿，臀部冰凉。为了能多织几张网，母亲要我和大妹帮助。那年，我已经上初二，大妹上小学五年级，我们两个放学后都要帮助母亲干一会儿。对母亲来说，那可是个丰收年，家里的伙食、孩子们的穿戴和文具用品都得到很大程度的改善。然而，这也加重了她的风湿病，致使她在晚年总是感到周身寒冷，所有关节隐隐作痛，甚至彻夜难眠。

为了我们这个家，母亲积劳成疾，却从不怨天尤人。直到1966年，学校停课、工厂停工，母亲才不得不闲下来，也算喘口气。1969年，街道成立五七厂，她成了"松花江自修厂"

的工人，直到退休。

2014年3月9日写于三亚港门村

伍 "男尊女卑"的受害者

母亲好强，在相夫教子、勤俭持家方面，堪称楷模；可说到传宗接代、延续香火，却力有不逮。按照她自己的意愿，最多只生三个孩子，可为了要男孩，她妥协了，一如挣钱理家般，殚精竭虑，奋斗八年，接连生了五个孩子，也未如愿。她筋疲力尽，无计可施，唯有认命，抱憾终生。她永远也不会明白，那是精子里的染色体Y在跟她作对，与她本人并无关系。

平心而论，母亲并不是重男轻女之人，父亲也从未给她任何压力，不过是来自外界的传统封建意识作祟，令她精神倍受折磨，肉体倍受生育之苦。

首当其冲是来自我奶奶的压力。这位老佛爷一直认为我们家生活得再好，没有儿子也不完满，后继无人就是绝户。她要父亲过继叔叔家的长子以续我们家这一支的香火。面对婆婆的威严，母亲无奈，心里抵制，却不敢硬抗，只能让父亲与婆婆沟通，尽量拖延，以不伤害老人为宜。别看母亲受尽婆婆虐待，可她对老人仍保持尊重，不愿意正面忤逆。我曾问母亲，是否有意识抗拒这种男尊女卑的思想势力；她说，当时没那个觉悟，只是感到五个亲生孩子教养起来已经困难重重，还要再增一个侄子，经济困窘不说，家庭矛盾、教育问题都会接踵而至。她对我叔叔非常了解：一个自私自利的人不可能生养出胸怀宽广的孩子,若来一个脾气秉性都像小叔子那样的孩子,恐怕很难合得来,更谈不上令其成才。后来,叔叔婶婶觉得把养大的孩子过继给兄长实在吃亏,主动提出反对意见,此事才不了了之。

其次,新中国成立初期,"三纲五常""男尊女卑"的思想理念尚深入人心,周遭邻居常常为我家无子说三道四,动辄嘲笑母亲不能生男孩。这些闲言碎语无不刺激着母亲,让她总觉矮人一截,以致邻家男孩欺负了她的女儿,亦隐忍不计较。

幼时的两个经历令我至今刻骨铭心,促使我立志,要为母亲"雪耻"。七岁那年的夏天,叔叔婶婶带着他们三岁的儿子来我家做客。一晚,妈妈带着他们一家人出去看马戏,回家后把刚刚两岁的妹妹放在屋里,忙着给客人打热水洗澡。谁知,小妹自己溜了出去,走丢了。这可急坏了母亲,她让我一起出去找。我们找遍周围街道和邻院,未果。当时,我们住在松花江边,母亲想着妹妹太小,不懂事,会不会走到江边,掉进水里淹死了,遂一边哭一边在江边徘徊。而做客的叔叔不仅不帮忙一起寻找,反说:"骚丫蛋子,丢就丢了吧!"听罢,我的肺都气炸了,心想:难道女孩子的命就那么不值钱吗?!直到晚上十点多了,邻居陈奶奶家的叔叔帮我们找到了小妹,妈妈才松了口气。而我的心却揪得紧紧的,看着若无其事的叔叔,恨入骨髓,暗暗向叔叔宣战:君子报仇十年不晚!我们走着瞧,看看,是你们家小子好,还是我家姑娘强!

另一件事来自一个长舌妇重男轻女的恶语中伤。还是一个夏天,十五岁的我帮母亲在楼外编织安全网,一个多子的阿姨站在旁边跟母亲炫耀她的小子们。我心里很不是滋味,跟一个没儿子的母亲说这些,不是成心给人添堵吗?估计是越说越起兴，后来，她竟公然挑衅道："老纪婆子，你看你生了这么一帮骚丫蛋子，将来怎么办？"忍无可忍的我站起来厉声反击她："骚丫蛋子怎么了！骚丫蛋子也是人！"这可臊坏了这位盛气凌人的长舌妇，冲着母亲就开骂，"孩子没教养""大人缺德""生不了儿子"连珠炮般停不下来。显然，母亲的忍耐也到了极限，却未正面与对方冲突，而是把我拉回家，一顿呵斥。她摸起扫炕埽把儿狠狠揍了我一顿。那是我有生以来第一次挨打，也是唯一一次挨母亲的打。事后，母亲撂下埽把，自己哭了起来，伤心异常。我知道，因为自己不懂事，让母亲蒙辱，于是爬到她身边，主动认错，保证不再惹事。母亲抱着我，心疼地抚摸着刚刚打过的地方，抽泣着说："都是因为我们家没有男孩呀！"听罢，我的心都碎了。我恨，恨那个口不择言的长舌妇，更恨中国封建社会传承下来的"重男轻女"的旧观念。

从此，我咬着牙向"重男轻女"的封建残余势力宣战：咱们走着瞧！我们老纪家的女孩一定要让双亲比那些有儿子的父母更幸福。如今，我也兑现了誓言。我们五姐妹人人努力，个个争孝。父母早已成为老家那片儿福多寿长的一对老人。尽管如此，每当想起当年那场皮肉之苦，我的内心仍会隐隐作痛。

过继的事情不了了之，但膝下无子就此成了母亲的心结，始终困扰着她，甚至觉得对不起自己的丈夫。正是出于此种歉疚心理，她对父亲百依百顺，惯得对方衣来伸手、饭来张口，完全不懂得心疼妻子。到了晚年，母亲因为父亲不懂她、不会关心她，常常感到寒心。所幸，她一手培养教育的五个女儿，不仅在物质方面给予她无微不至的关心，更多的是用心去体贴她、陪伴她。女儿懂她、爱她，她的心血并未错付，寸草春晖。

2014年3月14日写于三亚港门村

陆　廓达的贤妻孝悌

我眼中的母亲无所不能，女红之类自不必多言，搭火墙、盘火炕、打吊铺、钉栅栏等原本该男人干的事也样样在行。因此，尽管父亲常年在外，家里的事却从未求过人。而且，她被视为专家，每到秋天，邻家阿姨们都请她帮忙。我总认为，身处那个时代，母亲也算是女中豪杰了。

从小到大的苦难经历铸就了母亲倔强、刚烈的性格和一股彻骨的傲气。她看不起那些凡事都靠男人的小妇人，更不把斤斤计较的小男人放在眼里，加之她胸无城府、心直口快，有时做事费力不讨好，也很得罪人。然而，她心地善良，同情弱者，乐于助人，尤其对我们家的穷亲戚从不嫌弃，对曾经伤害过她的小叔子亦伸出援手，对曾虐待过她的婆婆也孝敬有加。称她"刀子嘴豆腐心"恰如其分，当属贤妻孝悌之列。

20世纪60年代初，遇上天灾人祸，城市里的粮油和副食极度紧缺，凭票供应不说，大米、白面的配给比例很低，大约只有15%，平时主食以玉米面、大碴子、高粱米为主。母亲精打细算，省下细粮，待父亲冬天回来，做给他吃。此外，还要预留一些招待客人。

彼时，家里常客是乡下姑姑家的表哥和在绥化铁路技校教书的叔叔。不管谁来，妈妈都要买点肉，做顿米饭或打卤面，因此，我们几个孩子特别盼着他们来。然而，对母亲来说，每次表哥来都意味着她的一次额外支出——表哥走时，妈妈都要给上两元钱，三毛钱买火车票，其余的零花。我知道，她至少要干两三天厂外计件活儿才能挣回这两元钱。

此外，叔叔经常带学生到哈尔滨铁路局实习。然而，他却不是我们喜欢的客人，因为他不仅来家吃喝，而且还盯着家里的好东西，总是想方设法占为己有，例如父亲的好衣服、好皮鞋等。印象最深的一件事是，母亲夜以继日干了一个多月造船厂的外活儿，挣了一百多元钱。那时候的一百多元可算是大钱了，相当于父亲两个多月的工资。母亲用这笔钱给父亲买了一件毡绒大衣。用现代语言形容，那是一件昂贵的品牌时装，藏蓝色毛料布面、柔软的羊剪绒里子，父亲穿着格外倜傥潇洒。这样的宝贝自然逃不过叔叔的眼睛。他不好意思当着母亲的面要，而是在父亲送他去火车站时，私下央求父亲送他。父亲是个仁兄，当下就把大衣脱给了弟弟，穿着叔叔的那件破棉袄回了家。母亲被小叔子这种龌龊行径气得火冒三丈，当即与父亲吵了起来。

我深谙母亲，这可是她辛辛苦苦挣来的一大件"家产"，全家人的衣服加起来也没有那件大衣值钱，瞬间被白白拿走，连一个"谢"字都没留下，怎不叫人气恼？我也同情父亲，长兄如父，再喜欢的东西，只要弟弟张嘴，能不给吗？通过此事，我对叔叔又添了一层鄙视。而作为长嫂的母亲，虽然对小叔子心怀不满，最后还是原谅了他。特别是到了晚年，当她看到叔叔瘫痪在家，儿女们都不愿照顾，孤苦伶仃、又脏又臭地躺在床上，心生怜悯，要把他接到哈尔滨，亲自照顾。反是叔叔深感内疚，不愿跟母亲走。晚景凄凉的叔叔被他曾引以为豪的儿子们从这家推到那家，最后还是唯一的女儿把他接走，没有几年，郁闷而终。

听母亲讲，她能原谅叔叔年轻时自私自利的小人之举，却不能原谅他对自己母亲的不孝行径。1970年，我爷爷去世，奶奶独自生活多年，到了八十岁，行动困难，母亲把她接到哈尔滨。尽管她无法解开与婆婆的心结，打心眼儿里不喜欢这位老太太，但作为长媳，她懂得，孝敬老人是子女义不容辞的责任。年迈的奶奶虽然还保持着婆婆的威仪，但态度、语气都和缓很多。一对积怨颇深的婆媳，最终和睦相处了一段时间。

当时，我们家并不具备照顾奶奶的条件：父亲不在家，我们两个大孩子结婚在外，母亲和家里两个大点儿的妹妹都在上班，一个小妹上学，没有人守在老人身边。此外，我们家住三楼，老人出入也十分不便，好在当时奶奶尚可自理。母亲每天上班前做好午饭，奶奶可以自己热着吃；洗洗涮涮的事，留到周末干。不过，这样的日子没过多久，奶奶闹着要回呼兰，那可是她一直生活的土地，事实上，她怕死在哈尔滨被火葬。据说，在自己六十岁的时候，她就让我父亲为她买好了棺材料，这几年搬了几次家，丢了很多东西，唯有那几块木板一直跟着她。当时，她人在哈尔滨，心却始终惦记着放在呼兰的那几块棺材板。

没办法，母亲找到姑姑，两人商量怎么安排我奶奶。姑姑在农村，生活条件不太好，母亲不建议奶奶去她那儿，最好是去叔叔家。叔叔住在县城，那里殡葬允许土埋，而且他家是平房，有地方放那几块棺材料，老人看着，活得安心；其次，婶婶不上班，可以照顾老人。可叔叔并不愿意接纳自己的母亲，千方百计推卸责任。看着这个不孝之子,母亲气愤填膺,经过艰苦谈判,最后决定双方出钱,在呼兰县城给老人租个房子,请亲戚照顾。一年多过去了,母亲按月给老人送钱,不时派我三妹去看望奶奶,送去好吃的,叔叔却一毛不拔,更不去看老人。想来,奶奶一定非常伤心,这辈子她把能给的都给了这个老儿子,他却成了最冷酷的孩子。

因为赡养老人的问题,母亲去找叔叔理论,谈得很艰难。最后,奶奶终被接到叔叔家,却只生活了四个月就与世长辞,享年八十二岁。奶奶如愿以偿地躺进她的棺材,被埋在绥化郊外一片无名坟地,没有墓碑和墓志。

2005年,她的长子、长媳和无法传递纪氏家族香火的几个孙女一块儿去墓地凭吊她时,已经无法辨别该朝哪个坟丘磕头了……

2014年3月23日写于三亚港门

柒 上帝打开了另一扇门

这是母亲故事中最悲惨、最不堪回首的一段,每当脑海浮现出这段往事,总惹得我情不自禁落泪不止。

那是一间非常简陋的小屋,一张通铺占据了半个房间,铺对面摆着一张桌子,房中间按着一个炉子。铁皮炉筒从炉台上拔起,有一米多高,拐了个弯延伸进墙上的烟道。这就是1953年时我的家。

那年秋季的一天,二十三岁的母亲,右眼被纱布包裹着,神情痛苦不堪，思想在生与死的抉择中徘徊不定。她一会儿抱抱刚刚会坐的妹妹，亲着小脸蛋久久不肯松开；一会儿把我紧紧搂在怀里，似乎一松手我就要被人抢走一样，抽泣不止。泪水一串串滴在我和妹妹的脸上，糊成一片。母亲实在不能忍受，一双水灵灵的大眼睛，其中的一只会瞬间毁灭，失去光明，美丽的容颜就此消失。然而，这并非天灾，而是由于自己一个毫无价值的节俭之举误伤所致，这让她悔恨交加、悲伤至极。她反复想到一死了之，又不忍撇下年幼的孩子。绝望中，她想到自己童年那些没有母亲的苦难岁月，她怎么能让自己的孩子也经历丧母之痛呢？于是，她号啕大哭起来……

事情的始末是这样的。当时，家里生活艰苦，全家人的穿戴都靠母亲的一双手来缝制。那天，母亲为父亲做棉鞋，发现鞋帮与鞋底没对准，有点偏，就想把鞋帮拆下来，重新缝到鞋底上。为了省下一根绱鞋的绳子，她拿起剪刀一个针眼一个针眼地挑出绳子，未承想为了省下这根不值几分钱的绳子，剪刀失手落在了她的右眼上。她懵了，立刻放下剪刀，到镜子前查看眼睛的伤势。那只眼睛即时就看不见东西了。她害怕了，恐惧让她几乎没有察觉到任何疼痛，抱起我妹妹就往医院跑。到了医院，大夫的诊断是让她做手术，摘除右眼眼球，以免影响左眼。这对她来说，犹如五雷轰顶。她万万没有想到，拆根线绳竟闯下如此大祸。她呆呆地坐在医院的长椅上，脑子里一片空白，不知坐了多久，孩子的哭声才把她惊醒。她没听从医生的告诫，抱着孩子往家走。由于突然失去一只眼的视力，走起路来有点踉跄，耳边回响的只是大夫的话：挖去右眼，挖去右眼……

其实，当时母亲只是伤了眼睛的外层角膜，如果发生在当下，根本算不上不治之症，只要通过手术，把浑浊的眼角膜换上透明的眼角膜就没事了。可那时的医疗水平太过落后，加上庸医的恐吓，让母亲陷入绝境。破了相的母亲不想再活，计划着把妹妹送人，把我送到姨妈家寄养。于是，她起早贪黑料理后事，为我做了足够长到七岁都穿不完的衣服和鞋子，仅棉鞋就大大小小做了七双，摆了一床。我能想象当时的凄惨场面：父亲不在家，姨妈离着远，母亲孤苦伶仃，忍受着巨大的伤残和精神痛苦，她无法承受这么大的打击，不愿意以残破的形象示人，宁愿一死了之。若非强烈的母爱力量撕扯着她于决绝中止步，恐怕我们姐妹俩早就不是一家人了。

听母亲讲，后来她也曾去省里最好的医院看过，当时苏联专家还在，一位和蔼可亲的苏联女医生告诉她，只要坚持每天去医院上药治疗，还是有希望治愈的。但母亲只坚持了一个月就放弃了，一方面迫于经济上的压力，另一方面是缺少关爱帮助她的人。那家医院离我们家很远，每次看病，除了医药费，还要额外花上一毛的车票钱，这远远超出家里经济条件的上限，而她又不愿求助于人；此外，母亲身边并无亲人，每次去医院都要把我寄放在邻居家，抱着妹妹走，给邻居添了太多麻烦。如果当时有一个亲人帮帮她、安慰她，支持她继续医治，想来不会是后来的结果。我常想，或许这就是母亲的宿命，聪明一世，糊涂一时，虽称不上大错，却比彻底失足都让她悔恨。不过，身处当时那个艰难困苦的时代，面对金钱与生命的取舍，大多数人会选择前者，不是因为财迷，而是无奈。这是现代人很难想象和理解的。

为了两个女儿活下来的母亲此后很少出门,除了到工厂取活儿、送活儿,几乎不和任何邻居来往,她自觉变丑了,没脸见人,性格也从开朗变得郁郁寡欢,生怕有一天,丈夫因此和她提出分手。原本年轻美丽的母亲顿时老了许多,时而想得开,时而想不开,在痛苦中挣扎了两年,恶习乘虚而入,严重失眠导致她开始吸烟。

其实,父亲根本没有休妻之意,毕竟母亲也是为了他才受的伤。直到我家老三出生,情况才有所好转。第三个女儿格外漂亮,父亲非常喜欢,连我们家那趟街的邻居也都喜欢得很。母亲的脸上开始有了笑容,心里多少有了点安慰。后来,正是这个美丽的女儿成了家里的顶梁柱——一位颇有成就的女企业家,并且非常有孝心,带给母亲无上的荣耀和自豪。

上帝关上了一扇窗,却打开了另一个门。

2014年3月26日写于三亚港门村

捌 何以报得三春晖

我从小立志做个孝女,现在感到惭愧至极。自十八岁离家,难得回家为母亲做点实事,四十多年来,都是几个妹妹、妹夫在父母身边尽孝。今年,有机会到三亚伴在母亲身边,才意识到如今的她多么需要自己的关心和照顾。

一个多月来,我绞尽脑汁调剂每日三餐的花样,恨不能把这些年吃过的好东西全都做给母亲吃,同时计划着带她去那些名胜古迹好好转转。然而,今非昔比,她老了,真的老了,精力、腿脚、牙口同步退化,能享受的太少太少。我恍然醒悟,何谓"年龄不饶人",逝去了便是永远失去了。

　　看着满面沧桑、瘦骨伶仃、步履蹒跚的母亲,我的心里泛起一阵酸楚,就是这具弱小的身躯给了我那么多的爱、那么温暖的关怀、那么有力的支持,鞭策我、鼓舞我,在人生路上跨过一道道沟沟坎坎,爬过一条条山径险坡。一恍,我也成了花甲老人,母爱却无时无刻萦绕在我的身边。

　　记得小学一年级时,一天早上我背着书包准备出门,母亲把我叫住,偷偷给了我一个煮鸡蛋,轻声说:"今天是你的生日。"那时的鸡蛋和现在的蛋糕一样,让我心花怒放,不用问,晚上回来准能吃上一大碗热腾腾的面条了。这是我们家庆祝生日的传统。听妹妹说,我在外面这些年,每到正月二十那天,家里都要吃面,还要听母亲叨唠半天:老大这么了、老大那么了,也不知道老大今天吃什么云云。久而久之,妹妹也都记住了我的生日。母亲说,后来都是老三提醒,家人一块吃面条,为我过生日。而母亲自己却从未过过生日,甚至不知道自己出生的准确时间。姥姥去世早,没人能说清楚她是哪天哪个时辰出生的。

　　此外,记忆犹新的是二十四岁那年春节前,我接到家里寄来的一个邮包,里面有一条红内裤和妹妹写的信:"今年是你的本命年,妈妈为你做了红裤衩,并千叮咛万嘱咐,要你一定在除夕晚上穿上。"我反复看着这封文字虽少却字字千金的家书,把包裹紧紧贴在胸前,一股暖流涌上心头,眼睛湿润了。那一刻,我似乎一下子切换到母亲的位置,深深体会到她那种"临行密密缝,意恐迟迟归"的心思。那年,南京格外的冷,夜里气温都在零度以下,学校宿舍的毛巾冻得硬邦邦的,而我穿着母亲做的内裤感到格外温暖。我觉得这条内裤的意义远远超出"慈母手中线,游子身上衣"的内涵。

最近,在网上看到于丹在乳山母亲节上的演讲,其中一句令我感到十分精辟:"母爱是在平凡生活中书写着不平凡,不要忽视每一位母亲,因为每一份母爱都沉重到足以让你用一生的时间去回报。"回首往事,我尤其感到母爱之情深似海、母爱之恩重于山。

我先生曾如是对我说:"每当我们家处在最困难的时刻,总是母亲出现在我们面前,我们一定要用加倍的孝心去回报她。"是的,我们结婚后一直生活在北京。起初,夫妇俩都处在事业的爬坡阶段,没少辛苦我的母亲。我怀孕时,先生正在读研和备考出国进修,根本无暇照顾我,我只能回哈尔滨老家待产。我和襁褓中的女儿在母亲身边,受到无微不至的照顾,直到孩子四个月大,我才返京。

记得女儿八个月时,我面临工农兵大学生的全国统考,如不参加,就等于自动放弃大学学历。可参考就要进补习班,否则很难过关。当时,先生在广州实习一年,我一个人带这个娃娃,每天上课就成了大问题。举步维艰之时,又是母亲出现在我面前,把孩子接走,要我专心复习,参加这次考试。这为我后来晋升工程师、高工、参加国家级研究课题,获得邮电部科技进步奖,最终获得国务院政府特殊津贴奠定了必要的基础。高尔基说:"世界上的一切光荣和骄傲,都来自母亲。"对此,我深有体会。这些年来,如不是母亲一次次伸出援手,我在事业上将一事无成。此外,我还要感激四个妹妹在那段时间的帮助,她们几乎是轮番给我带孩子,付出了不少辛苦。那种姐妹相依、同舟共济的情怀，始终感染着我，让我决心与妹妹们终生相濡以沫。

成为母亲后，我进一步体会到母爱之沉重，尤其对一个拥有五个孩子的母亲来说，那几乎是生命不能承受之重。我常想，一个母亲，五份母爱，要怎么分？我占得多，妹妹们就会分得少。有时真觉得有点对不起她们。1997年，我有一个跟随先生去美国进修的机会，但又不能抛下上高中的女儿独自在家，实感进退两难。这时，又是母亲赶至面前，支持我抓住这次机会。她撇下年迈的父亲，陪着娇惯的外孙女在北京住了三个月，难免时常被不经事的顽童气个半死。那年，她已经六十七岁了。十数年弹指一挥，如今再拾起这些过往，我追悔莫及，深恨自己当时鬼迷心窍，一心想出国"镀金"，而让年迈的母亲不仅受劳，还受到晚辈的无心伤害。可老人家很快原谅了少不更事的外孙女，并为其考上大学而兴高采烈；后来，外孙女结婚，她还特地飞到北京参加婚礼，送上一份厚礼。她要把这份母爱一直延续下去。都说"母爱似海"，这是多么形象的赞美，母亲总是以博大的胸襟包容孩子的不敬和过失。

俗话说："老母一百岁，常念八十儿。尊前慈母在，浪子不觉寒。"我很幸运，年过花甲，母亲健在，虽然不能常常见面，电话、视频把我们相隔万里的心紧紧地连在一起。于丹说："不要让悔恨困扰我们一生，抓住一切机会去孝敬自己的母亲，用对母亲的爱来回报母亲的付出。"

从此刻起，我计划每年多陪母亲一段时间，也算亡羊补牢吧！

2014年3月28日写于三亚港门村

冬日里的白鹭公园

候鸟老人

"美丽富饶海南岛，来了一群东北老。胖的多，瘦的少，中风哮喘比例高。一瘸一拐有跛脚，坐轮椅的也不少。冬天来，夏天跑，取个名字叫候鸟。"这是我到三亚后听到的一个顺口溜，虽然视角有点偏驳，用词也过于戏谑，但确实反映了当地候鸟大军的一个侧面。

据《南国都市报》报道，每年从全国各地来三亚过冬的老人有四十余万，其中70%～80%来自东北三省。这些人喜欢扎堆儿，三亚河两岸、白鹭公园、鹿回头广场、鹿回头半岛等地都是他们的聚点。父母来三亚过冬就住在白鹭公园旁港门村的一个公寓。每天早上，他们都要到公园里的小湖旁晨练；下午与牌友们围坐在公园的石阶上打牌；傍晚，几个年龄相仿的耄耋老人坐在公园的椰子树下聊天。白鹭公园是他们海南生活消遣游憩的乐园。

一天傍晚，我陪着父母来到他们中间，发现六位老人中有两位是哮喘病人，两位是中风患者，其中一人坐在轮椅上，由女儿推着。疾患没有影响老人们的情绪，他们精神矍铄、谈笑风生、话题广博。一会儿解放战争、抗美援朝硝烟滚滚；一会儿土地改革、公私合营锣鼓喧天；一会儿"三反五反"、"反右"斗争疾风骤雨；一会儿"总路线""大跃进""人民公社"三面红旗飘飘；一会儿"反帝反修""文化革命"轰轰烈烈……这些新中国的解放者和建设者是中国近百年历史的见证人和活字典，听他们聊天，犹如看一趟趟时代列车在我们面前轰鸣驶过。

据母亲讲，他们引以为傲的谈资并非这些话题，而是炫耀自己的孝子贤孙，特别是那些事业有成、经济条件好，给他们在三亚买房、租房，带他们在这里过冬和到处旅游的儿女们。他们甚至不厌其烦地重复这个话题，反复分享着专属于自己的天伦之乐，品味着晚年那份独特的幸福。

唯美的动与静

来三亚两月有余，颇感兴趣的是清晨白鹭公园那绝妙的动静交织，人与自然和谐相处的美丽画面。晨曦笼罩着公园，沉睡了一夜的白鹭醒来，在波光粼粼的湖面上悠闲漫步、边走边啄食。它们颀长的嘴、颈、腿显得格外秀美，动作轻盈稳健。有的轻轻涉水，漫步向前，眼睛一刻不停地望着水里活动的小生物，看准了，猛然向水中一扎，猎物入口，昂起头，伸直了长颈细细品尝；有的则伫立水中，伺机捕捉过往鱼虾。或许过于专注捕食，很少听到它们的叫声，偶尔看到一只白鹭飞起来，翅膀拍打水面，掀起涟漪，随着它的迅速降落，水面又安静下来。

绿茵簇拥着小湖，犹如一圈噪音过滤墙，把园内街舞伴奏的音乐声和园外车水马龙的喧闹声屏蔽，湖中的白鹭闹中取静，湖边的游人心旷神怡。

与此迥然不同的是湖畔那阵势如虹的"僵尸舞队",整齐的服装、激昂的音乐、独特的"臂直、腰直、腿直"的三直舞步,吸引着众多眼球,让这个以健康为主题的公园充满人气。

欢快的僵尸舞旁边是两组游刃有余的太极人,一组练的是四十八式太极拳,一组练的是三十二式太极剑。他们穿着白色练功服,伴着轻松优美的乐曲,柔里带钢地挥拳舞剑,不啻一场古朴典雅的视听饕餮。与东方传统武术相对应的是西方舶来的旱冰,引人注目的是几位时尚老者,他们穿着旱冰鞋,一如年轻潮人,自由滑行于步行者中,游刃有余。其中一位长者披着一头花白长发,穿行于"僵尸舞队"和"太极人"之间,不时做出一些花样动作,妙趣横生,又不免令人为其捏了把汗。

顽强意志与美丽心态

白鹭公园晨练的人群里,最让我佩服的是几位意志坚强的中风患者。他们或是在老伴、子女的陪伴下,或独自一人,一天不落地绕着公园小湖坚持康复锻炼。一位年近七旬的老人给我印象很深,他光着膀子,大汗淋漓地踮着脚往前踱步,手提一个播放机,耳边响着旋律悠扬而不失激昂的红歌新唱,给人一种坚忍不拔、自强不息、永不放弃的信念。

让我佩服的还有一些老美女,虽然已过花容月貌之龄,却都保持少女之心,浓妆艳抹,时尚靓丽,即使到公园晨练也要穿着高跟鞋和长裙,在身着运动装的人群里飘然走过,格外吸引眼球,较高的回头率给她们带来极大的满足感和存在感。我十分理解这些上了年纪的红粉佳人,她们在充分享受生命的第二春,尽情绽放20世纪六七十年代积压在自己内心波澜壮阔的斑斓色彩。

2014年3月6日写于三亚港门村

最幸福的日子

傍晚,母亲坐在门前的芭蕉树下。铺着瓷砖的地面被太阳晒了一天,热乎乎的,她就像坐在黑龙江冬天的火炕上一样,享受着曼谷阳光的沐浴。父亲坐在她身旁,望着蔚蓝的天空,听着树上的鸟鸣,赞叹这里的空气胜过三亚,夸奖小区环境一如公园般美丽,当地泰人友好热情。看着这对耄耋老人有说有笑交流着赴泰的感受,我的心里愉悦至极,一个夙愿今天终于实现了。

近年来,我和先生一直盼着两位老人来我们曼谷的家中住上几天,游览异国风光,感受一下东南亚的风情。他们也很想来,只因护照办得不顺(他们的手抖动得厉害,无法自己签字),加之签证手续烦琐而搁浅。今年,泰国政府鼓励中国公民赴泰旅游,实行免签政策,四个妹妹带着两位老人以及能抽开身的亲人一行十人浩浩荡荡来到泰国。这也是自我们姐妹长大离家后,重新聚到父母身边,人最齐、时间最长、地点最有意义的一次,幸福、快乐、祥和的气氛充溢着我家的小院。

为了让家人不虚此行,我和先生此前做了周密的策划和筹备,反复斟酌游览路线,制定详细行程计划,联系旅游公司,租游览车,订宾馆,购门票,找导游,准备铺盖、食品、水果和零食。半个月的时间,兴奋地忙碌着,快乐地奔波着,幸福地期待着。一想到父母辛辛苦苦把我们五个孩子养大,今天他们老了,走不动了,我们五个一起推着他们从国内到国外转转,就开心不已。听妹妹们讲，这次出来，父母高兴极了，临行前，老爸逢人便讲他要去泰国；老妈两次进医院打针吃药，以保证旅行期间身体不出状况。他们甚至忘记了自己的年龄，高兴得像孩子。

在曼谷的十天里，我们推着他们游览了大皇宫、阿瑜陀耶古城、邦巴因夏宫、木安玻琅、芭提雅海滨，观看了鳄鱼表演、大象表演、老虎表演和著名的Tiffany人妖表演，去市中心84层曼谷大厦旋转餐厅就餐，鸟瞰曼谷市容；去Fashion Island Plaza吃日本自助餐。虽然每天都很辛苦，但老人的精神一直很好。最难忘的是他们格外喜欢在芭提雅住的海景酒店，父亲坐在阳台藤椅上，面向大海，看到海上驶过的轮船无限感慨。这位曾任松花江航运管理局黑龙号客船的老船长，对船具有特殊的感情，与船结下了不解之缘。记得今年四月，我带他和母亲去无锡游太湖，当他看见湖上的几只帆船，便兴奋地摆出照相的架势，要我为他留影。如今，看见大海更令他兴奋，一定是那艘巨轮又勾起他沧桑的回忆。母亲则坐在沙滩上，看着在海边嬉戏的女儿和外孙女，脸上绽放出开心的笑容。要不是妹妹们的旅游行程太紧凑，我会陪两位老人在芭提雅多住几天。

8月23日至25日，妹妹们去柬埔寨了，两位老人待在家里休息，这是我有生以来最幸福的时光。早上，先生带着父亲，推着母亲在小区里遛弯，池塘里活蹦乱跳的彩色大鲤鱼让他们像孩子一般兴奋，流连忘返。来往的泰国邻居看见两位陌生的老人，都驻足给他们行合十礼，这让他们出乎意料，又有点受宠若惊，一时不知如何回礼，到家就说，泰国人真热情，真友好。我在家为他们做爱吃的汤圆、萝卜糕等早点；中午我们带两位老人去购物中心吃日本面条；傍晚，安静地陪他们在院子里乘凉，为他们剥山竹，给他们讲我们这几年在泰国碰到的趣事。看着他们吃得高兴，听得有味，那种感觉别提多幸福了。

妹妹们回来了，家里又热闹起来，十二口人又让小院沸腾起来，那可真是其乐融融的日子。26日傍晚，我们全家登上湄南河的游轮，边吃自助餐，边观赏两岸的曼谷风光。尽管那天下午大雨滂沱，但并未影响大家的兴致，刚吃完饭，就立刻加入到船上泰国歌手充满煽动力的载歌载舞中，七八个穿着蓝色标有"爱之家"三字文化衫的中国人一齐上阵，格外抢眼，尤其是我们家老五的一首《月亮代表我的心》博得全船游客的热烈掌声。此刻，"爱之家"团队成了游船上的核心。天渐渐黑下来，雨停了，两岸灯火映照在雨后的路面上，色彩斑斓，让那天的曼谷夜景格外迷人。大家在欢快之余围着爸妈照相，让泰国之行最后一个项目定格在欢声笑语中。

快乐的日子总是稍纵即逝，转眼十天过去，28号早上我不得不送他们上机场。也许是自己潜意识不愿与家人分离，我居然开车走错了路线，颇费了番周折，最后在机场执勤人员的帮助下才找到停车场，险些误了飞机。

家人走了，小院恢复了往日的安静，他们留下的亲情、爱和温馨永远陪着我。看着空荡荡的房间，回味刚刚过去的每时每刻，尤其留恋我们姐儿几个热热闹闹打地铺的情景，当我们头朝一头躺下来时，犹如回到久违的童年。那时候，我们家只是一间九平方米的小屋，只有一铺炕。夏天，我们姐儿五个头挨头跟妈妈挤在一起；冬天，爸爸回来了，我就得上吊铺睡，四个妹妹留在炕上。那铺炕,我睡到十八岁,直到下乡离家。四十多年来,那种姐妹相依,拥着爸妈躺在一起的情景始终让我无比怀念。

    2014年8月28日写于曼谷巴黎岔小区

最后一站

除夕祭神、祭祖是中国的传统民俗,现代城里人保留这种习俗的已经很少,不过家母是个例外。我清楚地记得,每年除夕子夜那顿饺子,她从来不吃,因为这顿饺子一般都是猪肉韭菜馅的,讲究的是"久财"的彩头儿,这种大荤食品与她每年初一吃素的习惯相冲。别看她自己不吃这顿饺子,却总亲力亲为给家人做好这顿饭,而且要用这顿饺子的汤祭天、祭地、祭祖先。

2014年9月,母亲走了,留下了这个习俗。今年除夕夜,我模仿母亲曾经的样子,在饺子出锅前,舀出一勺汤虔诚地洒到门外地上,嘴里叨念着:"敬敬天神,敬敬地神,敬敬祖先,敬敬亲爱的母亲!"随之,眼睛湿润了。我竭力控制着自己,没有让泪水溃堤,但我多么希望此时母亲的魂灵能够来到女儿身旁,接受这番心意。我还要告诉她,女儿不仅要继承她吃苦耐劳、勤俭持家、自强不息、孝敬公婆的美德和精神,还要传承她除夕祭神、祭祖和大年初一吃素的传统。这无关迷信,更谈不上修行,吃素不过是对亡母的致敬。同时,我也是为自己设一个斋日,在农历新年的第一天,有意识地戒荤,让自己静下来,既可以休息肠胃,也能净化心灵,一如母亲,虽不烧香拜庙,心中也有佛光普照。

初一这天,我只吃了一碗素面,且未外出,想在我人生第一个斋日做一件有纪念意义的事情。于是,我打开电脑,整理去年8月全家人来曼谷旅游的照片,把那些精彩镜头挑拣出来,制成一个电子相册,配上解说词和背景音乐,送给家人。

看着全家人开心快乐的笑容,端详着老爸老妈那沧桑面容上洋溢的心满意足的神色,我由衷感到欣慰——终于了却了一份夙愿。让这对年过八旬的老人于有生之年到我在泰国的家住了十天,那是我此生最幸福的日子。只可惜,这幸福的滋味尚未品够,母亲却罹患恶疾,回国后立刻住进医院,再也没能出来。或许,这就是上苍的安排,一张翻云覆雨之掌将我置于冰火之间,反复淬炼。庆幸的是,上苍把母亲的人生终站定在曼谷,充分享受到了女儿女婿对她的一片孝心。

在医院里,她跟我们谈的是曼谷观光的趣事,看的是全家人在曼谷游玩的开心照片。她跟我说:这辈子没有什么遗憾了。其实,我知道遗憾是有的,她遗憾没能早来曼谷,遗憾再无机会重游泰国。所幸,八十四岁的母亲是带着对曼谷的美好记忆远走的。我永远难忘她在曼谷吐露的那番对泰国的溢美之词。

那是一个傍晚,夕阳余晖笼罩着我家小院。母亲和父亲坐在门前的芭蕉树下喝茶,聊天。父亲赞叹道:"这里的空气真新鲜啊,比三亚那儿的还新鲜!"母亲说:"是呀,这里的天空真蓝,蓝得像海。"父亲颔首道:"花也多。我们在哈尔滨只能用花盆养的三叶梅和杜鹃花,这里到处都是,还有很多只能在电视里看到的花,这个小区也随处可见。"母亲积极回应道:"没错,小区的环境像公园一样美丽。这里的人也好,陌生人也向你微笑。今天在小湖旁有两个青年人还给我作揖呢!"父亲失笑道:"那不是作揖,是合十礼。""这里真好,能在这里过冬,比去三亚好多了。"母亲的语气不无留恋。看着这对耄耋老人有说有笑地交流着赴泰感受,我的内心愉悦至极,心想,一定要让他们再来一次,下次多住些时日。怎奈,这竟成了永远无法兑现的梦想。

我凝视着那天趁母亲和父亲聊天之际偷拍的照片,弥足珍贵,将其进行了剪裁,放入影集,附上小诗一首,特此纪念:

芭蕉树下一女神,

沧桑刻满岁月痕。

毕生奉献皆不悔,

燃尽自己照家人。

2015年4月9日发表于泰国《世界日报》湄南河副刊

佛国幽思录

初来曼谷，四处飘动的黄色袈裟让我甚感新奇，无处不在的僧人身影与摩天大楼交相辉映，为这个现代化国际大都市平添了一抹神秘的色彩。

在中国，僧人大都于深山老林的寺庙里修行，繁华闹市难得一见。就我所知，他们大都人生不顺，看破红尘，淡泊名利，为寻找灵魂的一份安宁才暴走尘世之外，削发为僧（尼）。可这儿的僧人似乎并不是游离于尘世之外的寂寞之人，而是热衷辗转于喧嚷的人间百态中。每天清晨，成群结队的僧侣奔走在晨曦中，串街入巷，逐家化缘，为布施者念经祈福；有的甚至与布施者形成固定的供养关系，一如其家庭成员。他们被世人尊重，有"神职"之称，在诸多公共场合享有专座，如公交车紧挨车门的那排座位常是空的，虽未标出"神职者专座"，但乘客一般避而不坐。当然，如若车内人很多，又无僧人，那排座位也会被占，可一旦有出家人上车，哪怕是少年僧侣，此刻坐在"专座"上的即使是老人也要相让。

在泰国，布施是每一个信徒或家庭愉快一天的开始。我所住小区内，每天清晨，总有一些邻家阿姨和姐妹拿着盛满饭菜的器皿或生活用品，甚至酸奶、方便面等食品，有说有笑坐在水塘旁的石阶上等待僧侣们莅临。一旦看到身着黄袍袈裟之人走进小区，便跪成一排，将布施物品奉上，恭敬地聆听其念经祈福，场面庄严肃穆。

那日，我见一支化缘人流步入小区，人数足够部队里一个班的编制，领队长者足有六七十岁，队尾的少年不过刚及韶年，中间的几个都是中青年，有点四世同堂的意味。他们装束整齐，步伐一致，袈裟鲜艳，外裸右臂，手托黑钵，赤足前行，至布施者前，接受食物，并为施者祈祷念经，即使那个处在最不安分年龄的小和尚态度亦严肃认真。我暗自思忖，这么小的孩子何故出家？他又能领会多少口中吟诵的经文？直到有一天，目睹小区里一对父母和其族人欢送孩子出家时的盛大场面，听了朋友的讲解，方才释然。在这个以佛教为本建立社会道德标准的国度，人民对出家的理解已超出单纯的信仰，出家还被视为修身养性、提高觉悟、修炼品德、增加孝悌之心的人生必修课。

我曾在网上看过一篇关于出家人入世出世的文章，其中说到：佛法真理，不离世法；出世入世，全在自心。心正，入世亦是出世；心不正，出世亦是入世。正如六祖慧能所云："正见名出世，邪见名世间。"或许，这就是泰国僧人的修行之道吧。

在泰国，每个男子一生中都要有一次出家受戒的经历。在这个充满佛教文化的社会，人们认为信徒出家的功德高于须弥、深于大海，广于虚空，不可称量。而对入庙时间的长短并未做硬性规定，全赖出家人的发心。一位泰国同事告诉我，他年轻时去美国留学，读了硕士和博士，三十多岁学成回国的第一件事就是出家。他说："多年来，我潜心学习西方哲学，很少静下来反省自己，在进入大学教书之前，我需要去庙里炼炼心，否则无法为人师表。"简单的话语犹如醍醐灌顶，让我深刻体会到泰国佛教文化的魅力和一位虔诚佛教徒的自省精神。

逐渐，我甚至发现出家修行是泰国社会衡量一个男人道德人品、思想成熟度的重要参考标准。一份拥有出家经历的履历犹如一份可视的获得灵魂洗礼的证书，为人们在就业市场上赢得先机。而真正让我参透泰国人短期出家真谛的则是我的几个泰国学生。

他们都是即将毕业的大四学生，在讨论毕业后的计划时均表示要先出家，时间一至三个月不等，目的是静下来认真清理自己的思想，研习一些佛法和为人处世之道，再确定是考研，抑或工作。其中，一个叫昆的学生说，父亲要求他至少在庙里修行三个月，否则不许他进入家族企业。我不解："为什么提出这样的要求？""他说，商场上的诱惑太多，如果思想不端正，就很容易误入歧途。"昆的回答十分自然，我的内心却波澜起伏，不由想起自己供职企业时老板经常对员工说的一句话："不要告诉我具体原因，我只要数据！"两相比较，耐人寻味。这也是为什么很多国人至今怀念二十世纪五六十时代的缘故，彼时，我们的社会固然物资贫乏，但精神是富可敌国的。

昆满脸稚气，笑着说："其实，我已经想好了，毕业后去外企打工，学习世界先进企业的管理经验，然后自己创业。不过，我还是要按照父亲的要求，先去庙里修行三个月，沉下心来学点佛法，好好想想自己的过去、现在和将来。"对即将到来的出家修行，他充满了期待。看来，寺庙确实是修身养性和调整灵魂状态的圣殿。难怪泰国的寺庙都修在人口稠密的地方，是众人心之所向啊！

来泰国的时间越长对佛国文化的认识也就越深。如今，"出家"二字对我来说已不再神秘和不可思议。作为一种文化，泰人出家不完全是为个人修行，还是一种表达孝心的重要方式。

首先，少年或未婚男子出家被视为报答父母养育之恩的善举，出家者的父母亦深信儿子剃度为僧将会给自己带来福报，其族人和邻居皆为此欣喜雀跃，纷纷前来祝贺。很多经济条件优渥的家庭还会在自家庭院举行盛大的宴会，甚至设置舞榭歌台，请专业文艺团体来演出，"普天同庆"。参加活动的宾客则竞相赠花及珍贵物品以敬佛献僧，场面好不隆重。

还有的是遇上家里老人等至亲丧事时剃度，临时出家。"这样做可以把去世的亲人从苦难中引渡至极乐世界。"一个名叫金生的华裔学生如是说。他家是一个四世同堂的大家族，祖母去世时连续一周没来上课，返校时他已经剃光了头发。在他看来，祖母是家族的功臣，早年与祖父一起在曼谷艰苦创业，并不辞辛苦地养育了七个孩子，其中只有他父亲在泰国，其他人分别旅居美国、新加坡、中国台湾和香港等地，都是很成功的商人。这次，他们带着家人赶来参加祖母的葬礼，四十多个男性族人全部剃度，与请来的僧人一起为祖母超度亡灵。看到他手机里保存的现场照片，我惊呆了，图片虽小，阵势却惊人，数不清的和尚跪在地上，犹如一个盛大的宗教盛典。我想，一位饱经沧桑的老妇灵魂在其后人充满感情的经文吟诵声中安然离去，定比在他们撕心裂肺的号啕声中痛苦不堪优雅得多。而三代超度者以剃度出家的隆重仪式表达了自己对逝者的哀思，孝心可鉴。

此事已经数年，可照片上的场景仍历历在目。直到家母去世，痛不欲生的我才真正体会到相信轮回转世的佛教徒有多幸福，他们一定不会像我此般痛苦。在他们的意识里，死亡不是生命的终结，而是崭新的开始，并坚信为逝者超度，其灵魂将进入极乐世界,另一个美好幸福的人生即将开启。

瞬间,我这个无神论者的心居然被策反了,由衷地愿意相信佛教的轮回转世说:我和母亲不仅是今世的母女,更是生生世世之母女。我在心里默默念诵:"阿弥陀佛!母亲大人,一路走好,来生我还做您的女儿,并将竭尽全力弥补今生未曾尽到的孝心。"

2017年1月19日发表于泰国《世界日报》湄南河副刊

后天女人

我要说的不是法国"后天女人"(Acquired woman)的时尚品牌,也不是喜欢穿这种简约优雅时装的白领丽人,而是那些鬼使神差、投错了胎的变性者,俗称"人妖"。当然,你也可以礼貌地称呼她们为"趟过男人河的女人"。

记得三十年前,几个先富起来的哥们儿从泰国旅游回来,得意地向我展示他们搂着人妖的照片。我当即被惊呆了,"后天女人"竟然如此惊艳!怎么能如此惊艳?都说当今世界是男权社会,不仅参政议政者中男多女少,就连厨师、裁缝这类看似女人擅长的工种,真正成为顶尖大师的也多为男性,更不要说外科医生这类需要兼具心灵手巧的高级人才了。我想,假如世界选美大赛不分"原装""改装",女子是拼不过男子变性者的。我的心中不免有点失衡,感叹:男人好霸道啊,就连世间女性独有的阴柔之美,他们也要分一杯羹。

六年前,我来到泰国教书,有机会接触到变性的泰国学生,全程目睹了其中三人从梳分头,穿黑长裤、白衬衫的男生变成蓄长发,穿黑裙、白校衫的女生。与他们两年相处下来,我渐渐意识到,这些人并非追求特立独行而变性,而是与生俱来的性向使然,召唤他们做回女人。他们,不,应该是她们,是实实在在的"后天女人",不应被歧视,更不应受到鄙夷,同情和尊重才是对待她们的正确方式。我们这些"先天女性"更应敞开心胸,热情地欢迎她们,接纳她们。

那是一个新学期的开始,进入大四的这三个变性学生,一进教室便吸引了全班的目光。别看平时大家对他们的"娘气"习以为常,可真正看到他们化身女性,还是震惊不已。只见她们默默低着头,旁若无人地走到最后一排座位坐下。可见,他们"组团儿"变性不乏壮胆的因素,即使在人妖生存环境比较宽松的社会,这些性别错位者也要鼓足勇气挑战世俗、家庭和自己的承受底线。选择在此时机行动,是为在步入社会适应女性群体生活和工作前,习得一些经验,做足心理准备。他们铁了心地要让走出学校的自己成为真正的女人,如假包换。不过,仔细打量,从那精致的眉眼描摹和唇线勾勒看得出,他们为这革命性的时刻所付出的努力绝非一日之功。尽管其举手投足仍不乏矫揉造作之感,但远比拧巴的"男装时刻"顺眼多了。震惊之余,我有欣慰:他们找回了自己的躯壳,人生霎时完整了。后来,我在网上看到中国著名变性人金星女士自述其易性手术全过程,不啻一场炼狱巡礼,可谓把自己又生了一遍!这又让我对这几个变性学生的理解加深了一步,对其勇敢行为亦多了几分钦佩。

我曾问其中一位叫阿琳的学生:"为什么要做女孩?"她毫不犹豫地说:"我本来就是女孩,只是被妈妈生错了。"看着她那天真无邪的眸子和掩饰不住成为女孩的喜悦,一种难以言表的爱怜奔赴心头。她们生来就背负着命运的十字架,男身女魂,在青春期饱受身心折磨,在世俗的眼光中茕茕孑立、踽踽独行,坚持做真实的自己,就像金星所言:"我不想改变世界,也不想被世界改变。"

那是一堂计算机应用课。我要求学生在母亲节到来前制作一张动画电子贺卡，写上中文贺词送给妈妈。学生们非常认真，都选择用自己最喜爱的美丽图片充当背景。我走到阿琳身后，看到她把一张中国著名京剧表演艺术家梅兰芳在《生死恨》中扮演韩玉娘的特写剧照贴在贺卡上，并在四外边嵌入闪烁的星星。我问她："你知道照片上的人是谁吗？"她说："不知道。但是我喜欢中国京剧的化妆，喜欢这位演员美得精致的面孔和忧郁的神情，还有那柔美的兰花指。"显然，她完全读懂了主人公韩玉娘苦苦思念丈夫的心情，用那颗晶莹剔透的女人心。

我又走到另一个变性者欣荣的身旁，发现她的白色短袖校服衫里隐隐约约透出内衣的轮廓。心想，她是多么爱惜这来之不易的第二性征啊！还是金星在一篇文章里提到的："从身体出发去接受自己，再从身体开始释放各个部位的美。它和身材比例没多大关系，在乎的是肢体语言。人在社会中的第一张名片，不是谈吐、教育背景或财富，而是肢体。印象分看似来自面容、身材，实则是身体的状态在左右。""十八九岁的时候，女人身上的每一个部分都很重要，因为它们有极大的塑造空间，你要成为一个好的'作者'去实现你的美。"这是"后天女人"的特有感受，她们用外人难以想象的痛苦重塑了自己的器官，千辛万苦来到这个女人的世界，当然更加珍爱自己的灵肉，哪怕它们并不完美。金星说，在做完隆胸手术的第二天，揽镜自赏，她为胸部的曲线而喜不自胜，因为自己又向成为女性的目标迈进了一步。而我的这几个学生虽然没有条件像她那样置之死地而后生般地重塑身材，但那种破釜沉舟的变性心情是一样的。她们靠吃激素增加体内雌性荷尔蒙的分泌量，促使胸部慢慢鼓起，尽管女性线条尚不明显，却急不可耐地戴上胸罩，那空空的罩杯盛满了少女的渴望。她们亦深知长期服药必将付出健康和折寿的代价，却义无反顾，毫无惧色，只为活一遍真实的自己。

回想与这几个变性学生相处的时光，我不止一次为她们的执着而感动。尤其一个叫文文的男生，身材高挑，冰肌雪脂，常常在半长不短的发间别上一枚银色的发卡，一缕黑发自然弯曲至嘴角，很有点中国20世纪30年代美女的味道，让我这个不折不扣的女人都为之心折。如今，她如愿以偿了，我亦欣慰不已。当然，她们现在还沉浸于初为女子的兴奋期，至于今后如何成为内外兼修、知性高雅的精彩女人，甚或贤妻良母，尚任重而道远。

最近，在女儿的力荐下，我读完了金星的散文集《掷地有声》。这位在男性世界潜伏了二十八年的舞蹈家，自1995年变性成功后，已过去二十一个年头，早出落成一个风情万种的魅力女人，乃至妻子、母亲。她在序言中写道："十八年前，我不可能做一个贤妻良母。这四个字和我没缘分，我只是想成为一个女人，单身女人，没有孩子的女人。我就已经知足。十八年后，我很感谢我的先生、我的孩子，可能是老天觉得我还值得拥有这份礼物，金星突然变成了三个孩子的母亲，一个德国男人的妻子。生活对于我来说，落地了，真实了。我也特别享受。"话里话外洋溢着一个成功女人的骄傲。

没错，如今的金星荣升"金姐"，是中国著名的舞蹈家，拥有自己的舞团，人称"犀利毒舌"，个人脱口秀成为中国脍炙人口的人气节目。她是中国"后天女人"中的翘楚，即便放眼世界，她仍是此群体中的佼佼者，吸粉力叹为观止。

亦希望我那几个初涉女性世界的"后天女生",在此后的成长中成为像金星一样快乐、幸福、勇敢、自信的真女人!

发表于2017年3月1日泰国《世界日报》湄南河副刊

绽放的余晖

刚回国就接到英的电话，约我去联合大学观看她们合唱团的表演，纪念抗日战争七十周年"和平颂"专场合唱音乐会。退休后，她考入"广播之友合唱团"许久，却一直没机会看她的演出，这次自然不会错过。

英是我的大学同学，在校期间已是有名的"金嗓子"。毫不夸张地说，她的音色堪比关牧村，听其录制的《吐鲁番的葡萄熟了》，完全能够以假乱真。记得学校每次举行庆祝活动的文艺演出，她的独唱都是最受欢迎的节目，不返两次场都下不了台。遗憾的是，当时正值非常时期，对她来说，能有个学上就不错了，哪敢挑三拣四，奢望进入音乐学院！？她阴差阳错地当上了电子工程师，一干就是三十年，直到2005年退休，她考入广播之友合唱团——一个以声乐领域退休人员为主体的专业演出团体，也算得偿夙愿。所不同的是，她不能像以前那样展现颇具个性的独唱，而是要按和谐统一的要求参与合唱。这让我们几个了解她的同学既为其高兴，又稍感惋惜。

记得在一次同学聚会中，我曾问她在合唱团感觉如何？她笑着回答："好！好极了！没想到合唱团里很多成员都是声乐艺术界的行家里手，每个人的独唱都很棒，可他们甘愿放弃自己的个人魅力，携手创造一种超越独唱的和谐之音。尽管他们不像独唱演员那么出名，却都是实实在在的歌唱家，令人肃然起敬。在那里，我看到山外青山楼外楼，见识了一个真正属于歌唱家的艺术境界，顿觉自己的微不足道。像我这样的一个普通声乐爱好者能和他们一起表演是我莫大的荣幸。"看着她志得意满的样子，我打心里为她高兴。虽然，她没有像"大衣哥"朱之文那样有专业伯乐举荐，成为大器晚成的草根歌唱家，但远比那些退了休无所事事，在公园里自娱自乐的歌者们幸运多了。她的美丽声音可以在音域更宽广、音色更丰富的合唱艺术中持续发酵。

英告诉我，声乐艺术中，独唱和合唱是两种不同的表现形式。独唱演员可以参加合唱，但合唱不等于独唱的集合。作为合唱演员，不是有个好嗓子就行，还要有足够的思想境界和艺术技巧，为达到一首歌曲的整体效果，要用与独唱完全不同的发声和呼吸方法才行。这些年，作为一名合唱演员，她几乎是从头学起。她最高兴的事是参加排练，看着那些身经百战的老艺术家们一丝不苟、精益求精的工作作风，不仅提高了自己的演唱技巧，思想和艺术境界也得到了升华。

我被她对合唱的深刻感悟和音乐人的浪漫情怀感动了。打那以后，我开始在网上找一些合唱曲目来听，有意识地去体会合唱的魅力和意境，慢慢地，也爱上了合唱，尤其是男声、女声小合唱，还有童声合唱。其中南斯拉夫电影《桥》的插曲《啊朋友再见》、苏联歌曲《喀秋莎》都是我的最爱。

学校报告厅内座无虚席。一曲混声合唱《神圣的战争》拉开了音乐会的序幕。"起来，巨大的国家，做决死斗争！要消灭法西斯恶势力,消灭万恶匪群！让高贵的愤怒,像波浪翻滚！进行人民战争！神圣的战争……"经典就是经典，随着雄壮有力的歌声响起，只感到漫天风暴滚滚而来，一种排山倒海的气势和史诗般的悲壮感拨动了我的心弦。我一边听歌,一边寻找合唱队里的英。她站在第二排靠边的位置,穿着统一的演出服,白色长裙,梳着短发,全神贯注地唱着自己的声部,沉浸在澎湃的情绪中。此刻,我想起她对我说的一句话:"当大幕拉开,我完全忘记了自己,音乐一响,心立刻随着歌声在意境里翱翔。"

接下来是冼星海的代表作《黄水谣》,也是中国近代经典音乐作品《黄河大合唱》中一首可以单独表演的混声合唱曲目,篇幅不长却精致可人。歌声从亲切抒情地倾诉和平生活开始,到鬼子来了,百姓遭殃,音调变得凄惨、悲痛、愤怒,让听者在尽享豆花清香之际嗅到战火的硝烟味,激起听众的共鸣。值得一书的还有指挥王彤先生。这位老艺术家的朗诵,既有强烈的感染力,又不失翩翩风度,其高雅气质形成的气场,让这首歌更显风韵。他的声音是清晰、高亢、有力:"是的,我们是黄河的儿女!我们艰苦奋斗,一天天地接近胜利。但是,敌人一天不消灭,我们便一天不能安身。不信,你听听河东民众痛苦的呻吟。"

音乐会的曲目皆堪称经典,混声合唱还有《延安颂》《花儿与少年》《阳光路上》《唱支山歌给党听》……都是我耳熟能详的,不过最令我情有独钟的还是女声合唱《一片丹心》。歌曲把我带入20世纪70年代,在我们的视觉和听觉系统塞满样板戏的时候,朝鲜歌剧《卖花姑娘》和《血海》不啻一脉清流。尤其是剧中的插曲,旋律优美,委婉流畅,堪比甘露。《血海》的主题曲《一片丹心》很快在社会上流行开来,而且被誉为当时"最优美的女声合唱歌曲",遂成经典。今天,再次听到这首以抒情笔调表达革命乐观主义精神的旋律,真有一种旧友重逢的亲切感。

男声合唱《灯光》更让人动容，旋律朴素，略带感伤。仔细品味，歌词更有意境。这是苏联著名诗人伊萨柯夫斯基为弘扬革命浪漫主义爱情而写就的抒情诗，描写了一位俄罗斯姑娘送情郎上战场的画面，着眼点落在姑娘窗前的灯光，那光照耀着前方战士打胜仗，唯美而动人："有位年轻的姑娘送战士去打仗，他们黑夜里告别在那台阶前。透过淡淡的薄雾那青年看见，在那姑娘的窗前还闪亮着灯光……"

聆听这样主题鲜明的专场音乐会感觉太美妙了，乐团精心选择的都是表达同一中心思想的曲目，通过不同的旋律和唱法在一条主线上把听众的情绪从一个高潮推向另一个高潮。每一首歌的结束都伴随着雷鸣般的掌声和学生们激动的喝彩声，能感到台上的演员亦倍受鼓舞。此外，联合大学退休教师合唱团也参加了表演。他们的歌唱虽不如专业团体，但气势并不逊色。团员们个个精神矍铄，嗓音洪亮，激情满怀。这让我联想起在曼谷看到的一场老华人合唱团的演出，团员们的表现与今天两支合唱团的成员如出一辙。还有，在美国佛罗里达坦帕市一个餐馆内，也见过一个无名女声合唱队，八九个人，身穿湖蓝色长裙，头戴深红色小帽，餐饮之余，轻声哼唱起《友谊地久天长》。听我的美国朋友介绍，这些老人都是乳腺癌患者，"红帽子"是她们的抗癌标志，她们每周都来这里聚餐，离别时唱这首歌。我被她们感动得热泪盈眶。衰老和死亡是人类不可逆转的客观规律，然而，如何面对则完全取决于每个人的主观意识。三个国度的老人，不同的歌声，同一种精神力量——但愿青春永驻。

当晚，我给英打电话，祝贺她们演出成功，也祝她青春永驻！

发表于2015年7月30日泰国《世界日报》湄南河副刊

僧人与俗人

对中国人来说,曼谷最引人瞩目的风景可能就是每天清晨僧侣们化缘的场面。他们穿着袈裟,赤脚托钵,在微晕的晨曦中,奔走于车水马龙中。

淡淡的霞光轻柔地洒在他们身上,为橘黄色的袈裟增添了一层荧光;微风徐来,袈裟下摆温柔荡起,又为这些出家人增添了几许仙气。远远看去,那流动的金色让清晨绚丽起来,宛若一幅以低调色彩为主导的油画,用了高调色彩进行调配形成的强对比效果,令画面清新鲜活,充满张力;所表现的现代与传统、僧人与俗人、物质与精神的多种文化元素交相辉映,引人入胜;无形中会让你感到这个佛教国度特有的文明气息舒缓怡人。不管你是否是有神论者,只要生活在这样的氛围里,都会感觉冥冥之中佛祖的存在,且离你并不遥远。

佛教是泰国国教。泰国人信奉的小乘佛教是南传佛教的一个分支,传承了原始佛教中托钵乞食的习俗,因此,这里的寺院都不生火做饭,僧人们完全靠化缘获取食物,其宗旨鲜明,便于广结善缘。而这个国家95%的国民都是佛教徒,以供养僧人为荣耀,认为这是积德行善之举,可谓相得益彰。据说,很多泰国人家还常年固定供养僧人。所以,僧人化缘诵经,俗人布施行善,成了他们每天生活开始的仪式,日复一日。这里的僧、俗人就是在这种物质和精神的交换中和谐相处,互相依存,共同感受佛祖的恩惠和教诲,一起向着更高的修炼境界迈进。

在泰国，积德行善的佛教思想已经深深融入世俗文化，并形成了一种真诚、纯朴、善良、忍让、宽容的良好民风。我在曼谷生活四年有余，切肤体会到这种民风带给人的温暖和愉悦。首先，所有旅游景点的餐饮、纪念品市场的商贩态度友善、价格公平，看不到漫天要价、肆意勒索游客的行为。最近，几位朋友从北京、上海来曼谷旅游，为期七天，完全被泰人的友好微笑和服务信誉深深折服。他们说："在这里花钱买服务，确实是享受，打心里感到快乐，不像在国内，每次出去玩，都因上当受骗生一肚子气，把玩的那点儿兴致全抵消了。"这话并不为过，吃亏上当几乎成了国内旅游体验的标配。这大概也是为何欧美人更愿意来泰国旅游而非中国的原因吧。

其次是泰国人具备的那种淳朴善良、助人为乐的精神让我感受到佛教徒心灵深处那种纯净和美丽。初来曼谷时，我遇到两位泰国小伙子，他们是来我家安装浴房电热水器的工人。恰巧那天我家买的洗衣机也需要安装，我不会泰语，他们不懂外语，彼此只能靠肢体语言进行沟通。装完热水器后，我带他们到厨房看洗衣机，对方立刻明白，二话没说就动手安装起来。没想到，我买的水龙头不合适，他们就把它与室外的一个备用水龙头进行对调，装好了洗衣机。我想给他们一百铢的小费作为酬谢，可当我拿出一张纸币递给他们时，对方怎么都不收，推搡了半天，我才发现那是一张一千铢的钞票（当时我并不熟悉泰铢的各种面值）。我又翻了翻钱包，没找到一百铢的纸币，只有两张二十铢的，于是就不好意思地拿出那四十铢零钱，他们这才欣然接受，高高兴兴地走了。他们的背影渐行渐远，我仿佛看到他们身上穿的不是T恤，而是一袭美丽的袈裟。

这里的寺庙很多，据说全国有三万多所，不论你到哪个地方，一眼就能知道哪个建筑是寺庙，因为那是当地最华丽的建筑，而且意想不到的是，那不仅是供僧侣修行和信徒朝拜的场所，还是社会教育和行善的地方，如摆设历史文物、接待外宾游客等。据说，在古代，寺庙还承担着医院和学校的作用，至今，很多城市郊区和乡村的学校仍建在庙内。我住的那个母班（小区）的小学校就是建在附近的一个寺庙院内。寺庙内的僧人对信仰非常包容，不干涉他人的思想，有的寺庙里甚至供奉着中国的福、禄、寿等神像。城市里，天主教堂也时而可见，穿着伊斯兰教服装的信女也很多。所以，泰国信奉的小乘佛教从精神层面给我一种宽厚、宽松、宽容的感觉，打心眼儿里愿意了解这里的佛教文化，结交这里的佛教徒朋友。

生活在泰国，随时随地可见佛龛，无论是街头巷尾，还是机关、学校、企业门口，以及普通居民的房前或屋内，都有供奉的佛龛，每天都有人到佛龛前跪拜、敬香，同时献上黄白色的花环和供品；就是那些流动的小商贩，开张之前也要在地上摆上一盘菜，放上几个水果，点上一炷香，完成每日祈祷的仪式方才开始营业。佛教文化已经深深渗入泰国人民的日常生活，不论是政府还是民间，大小庆典都少不了佛教礼仪。例如，国家庆典、军队阅兵式、商家店铺开张、老百姓的婚丧嫁娶等，都要请僧侣到场诵经。僧侣在泰国颇受尊重，僧王在国家宪法中的地位仅次于国王和总理，礼仪上甚至高于国王。这是世界各国政治体系中所独有的。泰国尊重僧人还体现在社会风气上。各种交通工具上都有为他们而设的专座。一次，我乘公交回家，上车后发现有一排临车门的座位空着没人坐,感到奇怪,刚想坐下,立刻被同事叫停,拉我到后排坐下,并被告之那是为僧人留的。换言之,即使没有僧人,那个位置也是神圣不可亵玩焉的。

泰国人信佛,也以虔诚的佛教教义塑造社会道德标准。他们以出家为荣,并形成习俗,每个男人一生中都要出家一次,短则三天,多则数月,到寺庙净化心灵,提高修养,既成为自己光辉的履历,也为父母和后人增添荣耀。我身边就有不少这样的人,有的还只是七八岁的孩子,修行期间,被称作"沙弥"。据网上资料显示,泰国的沙弥有十万余众,占泰国僧人的三分之一。因此,泰国的僧侣队伍流动性很大,几乎每天都有人皈依佛门,同时又有僧侣还俗尘世。我觉得这是泰国佛教最成功的地方,信徒们到佛堂接受短期修行,也就是接受佛教戒律的培训,得到精神和道德的净化,是提高全民素质的好方法。孩子们从小就接受不杀生、不妄语、不偷盗、不邪淫、不饮酒的教诲,比上空洞的品德教育课好多了。

最近,我和一个学生聊天,问他毕业后干什么。他说要继承父辈已经建立的国际贸易产业,不过上班之前,他要先去庙里当三个月的沙弥,沉下心来好好修炼一下自己。这是父亲的要求,也是自己的心愿,作为佛教徒,这是必要的经历;作为未来的商人,这是重要的课程。他很认真,表情严肃,话语坚定,令听者震撼。没想到这个平时看上去文文弱弱带点娘娘腔的小伙子,思想这么成熟,意念这么坚定。难怪泰国华商的事业做得这么大,这么好,他们用佛的戒律滋养从商后生的心灵,自然会世世代代遵循"君子爱财,取之有道"的成功哲学。

后来又有几个男生告诉我，他们都有去寺庙修行的计划，只是时间安排不同罢了。这使我想起南怀瑾老先生为《金刚经》第二十三品做的偈颂："镜花水月梦中尘，无著方知尘亦珍。画出牡丹终是幻，若无根土复何春。"

在泰国这些年，我从轻年学生的言谈举止中找到了修佛的真谛。

发表于2015年8月13日泰国《世界日报》湄南河副刊

可爱的泰国学生

这个学期我教大四的选修课——"中国企业人才管理"。讲完第二讲"企业人力资源战略"后,我给学生布置了课外作业,内容是制定一份自己的两年学习和工作计划。一方面让他们体验一下怎样制定目标,另一方面练习一下企业制定计划的格式,同时也想通过此作业了解一下泰国本科毕业生的心态。因为,我在这里的感受与在中国大学完全不同,清新宁静的校园里看不到学生晨读的身影;宽敞舒适的教室里没有通宵达旦的自习,学生彼此间几乎没有紧张火热的竞争气氛。不论走路还是做事情,他们都是不紧不慢,斯文得体,即使上课迟到,也不会带着小跑奔向教室。这些举止完全颠覆了我在国内形成的大学生印象,真的很想知道他们如此轻松淡定的理由何在?

作业交上来了,每一个学生都以季度为单位描述了自己今明两年的学习和工作计划。我边看边赞叹,没想到这些平时懒懒散散的学生心里不乏想法,有的理想还不小呢!最让我惊讶的是,不管将来做什么,他们都有出国留学的计划,而且不只去一个国家。我统计了一下,全班二十八个学生,92% 都制定了留学目标。出乎意料的是,作为中国研究专业的毕业生只有 30% 的人明确表示要到中国留学,而 62% 的人都计划去欧美,其中一半人正在准备参加 TOFEL 和 TOEIC 的考试,还有几个人有计划去不同的国家学习第三、第四甚至第五门外语,如日语、韩语、德语等,真的让我有点意外。尤其,他们实现这些目标并不会依赖奖学金,即便申请不到也能得到来自家中的经济支持,这是绝大多数中国学生望尘莫及的。据我所知,在中国,像北大这样的名校,一年出国留学的本科生也才30%,而且大部分人是靠成绩优秀申请奖学金成行,全国自费留学的本科生还不到6%,差距何等悬殊!尽管这些年中国经济取得了举世瞩目的发展,人民生活水平也有了天翻地覆的变化,但中等收入水平的家庭投入在教育上的开销尚远远比不上泰国。

令我感触更深的是,还有20%的学生把自己的旅游计划也写在两年计划之中。有一个学生把去国外旅游作为第四项重要工作,频率是每年一次,检查标准是"放松自己,寻找新经验和外国朋友"。还有一个学生在2016年第四季度目标里的第四项填写了"到英国看英超足球联赛",对应的检查标准是"努力工作,好好管理自己的花费,省点钱"。这让我感到泰国中产阶级家庭的孩子生活得多么轻松,多么随性,多么惬意。他们没有必须帮助父母支撑家庭生活的压力,也没有社会竞争的紧迫感,只要自己节约一点就能去想去的国家休假或看场足球赛,这也是绝大多数中国孩子不可想象的。

更牵动我心绪的还有一个女生在计划的最后一项目标里填写"找个男朋友",时间是贯穿两年,检查标准是"找个好好的男朋友,如果是外国人就很好"。能看出她的汉语还有点生涩,却已将思想表达得淋漓尽致。花样年华,春心激荡,毫不掩饰地把"找对象"列入自己的两年工作计划,展现了一个少女对爱情的渴望,或许她把一见钟情的目标锁定为一次飞机上的邻座攀谈、游轮上的一次舞会、国外海滨的一次散步……我衷心祝愿她实现自己的计划,两年内找到一个如意郎君,最好是个中国男孩。

看着学生们的作业，我不禁想起平素里跟他们随意攀谈时的感受。泰国孩子不像中国独生子女那么任性，也从没有什么豪言壮语，他们性情温和、笑容可掬，对父母、长辈，包括老师都很尊重，甚至是服从。其中有些学生并不十分喜欢学汉语，完全是为了实现爷爷奶奶或父亲母亲的心愿才选择中国研究专业。他们的长辈或是华人，或是有华人血统，均要求自己的孩子要懂中文，了解中国的文化传统。尽管这些孩子把将来去美国或欧洲作为首选，还是把满足长辈的愿望放在第一位。这也是为什么大部分人毕业后要去欧美留学的原因吧。

此外，这份作业也让我看到泰国华人产业未来的希望。几个有家族企业的后生都计划进一步深造，将来学业有成把家族的事业发扬光大。其中有一个学生计划在毕业后的两年内完成第四和第五门外语的学习，以便将来把家族旅游公司的国际业务做得更好。还有一个学生计划毕业后暂不读研，先找个进出口公司锻炼自己，待积累一些经验后再决定读研抑或创业，一副不靠父母靠自己的劲头。我记得这两个男生说话的声音总是轻轻的，要不是看到他们制定的发展计划，还真看不出他们也有绵里藏针的时候。

学生们的作业让我穿越时空看到两年后和更远的他们。

发表于2015年4月23日泰国《世界日报》湄南河副刊

秀儿

妹妹发来消息,说她去参加了秀儿的葬礼,遗体告别非常简单,只有秀儿的弟弟和她,两人在停尸房瞻仰了遗容,就送火化场了。没有哭声,没有悼词,没有安魂曲,只有妹妹替我送的一束白菊花放在纸棺上。

我给妹妹回信,感谢她代劳的善举。起码,让这个孤独的灵魂有一束鲜花陪伴,尽管那花的色彩与秀儿的人生一样,白得彻底,没有轮廓,没有层次,没有斑斓,毕竟还有一份清香,载着她儿时的美好和我们彼此的友谊。

我和秀儿从小在一个院儿长大,小、初都在一个学校。我们结伴而行,一起走过花季。此外,我们都是家里的老大,帮助母亲做家务也是我们共同的特点。尤其是星期天的上午,我们都要为家人洗一周换下的衣服,至少要花上两个小时才能洗完。20世纪60年代初,我们住的楼房没有自来水设施,生活用水都要到不远的一家卖水处购买。洗衣时,我们索性把洗衣盆、搓板和脏衣服拿到卖水处,免得来回提水。一块儿洗衣服的还有几个女孩,大家有说有笑,很是开心,银铃般的笑声此起彼伏。秀儿干活麻利,有时自己洗完了就帮我洗,却很少说话,不管大家说什么,她都只是付之一笑,令其本来不大的眼睛弯成一对月牙儿,洁白的牙齿中有一颗小虎牙在嘴角处微微翘出,给人一种可爱调皮的感觉。秀儿,说不上多漂亮,可那天真烂漫的笑容令人记忆犹新。

秀儿的性格有点内向，从不与院儿里的其他孩子玩。即使和我在一起，也是我说得多，她说得少。我问过她性格像谁，她说像父亲。很遗憾，我对她父亲没有印象，作为海员，他很少回家。不过，她和她母亲则性格迥异。秀儿妈性格开朗，能说会道，是家喻户晓的居委会主任，少有的社区女党员，我常见她动员家母参加各类社会活动。许是母亲过于强势，秀儿对她唯命是从，只要是妈说的，她都一丝不苟地去做。因此，她赢得了院儿里"乖乖女"的美誉。

20世纪60年代中后期，同学们纷纷到外地串联，秀儿则听母亲的话，没离家半步；后来知识青年上山下乡，秀儿又听母亲的话，顶住压力，闭门不出，硬是留了下来，在家一待就是十年。当我们这些下乡的同学经过艰苦环境的锻炼，被推荐上大学，或返城分配工作，乃至自己创业时，秀儿的小宇宙已经萎缩，做饭和洗衣服的两点一线生活让她成为井底之蛙，看不懂我们的举止，听不懂我们的语言，思维也明显迟钝。

20世纪80年代初，我带着三岁的女儿回老家探亲，晚饭后出来遛弯，女儿要吃冰棍，我让她自己到路边卖冰棍的老人那儿去买。女儿跑过去叫"奶奶"，老人热情地接过孩子的钱，从冰柜里拿出一个雪糕，扒开纸，放到孩子手里。女儿礼貌地说："谢谢！"老人笑着说："真乖。"就在此时，我看到了她笑弯的双眼和那颗小虎牙，于是脱口而出："秀儿？"这时，老妇人也惊呆了。我做梦也没有想到，和我同岁的秀儿已满头白发。她一把抓住我的手，哽咽起来。

那天，我们聊了很久，她还是第一次跟我说了那么多的话，感慨万千。她说虽然自己留城了，没有受到上山下乡之苦，但精神折磨一刻也未停过。院里的人都鄙视她们母女俩，说小的思想落后，老的是口头革命派，实际上的护犊子。其母居委会主任的职务很快被撤，秀儿也背上了"抗拒上山下乡运动"的罪名。知青返城后，所有工作机会都优先下过乡的知青，根本轮不到秀儿。十几年来，她没有正当工作，没有参加过任何社会活动，更没有一个新朋友，孤独和寂寞侵蚀着她的灵魂。她每天无所事事，甚至不知道为什么活着，常常躲到没人的地方哭泣，后悔自己没主见，万事依赖母亲，失去成长进步的机会。我问她："为什么不结婚？"她无奈地说："没工作，又未老先衰，谁要哇！"我不知道说什么好，她那忧郁呆滞的目光告诉我，她的精神世界业已彻底坍塌。

回家后，我提到秀儿，母亲为她惋惜，说："多好的孩子，被她妈害了。"停了一会儿，她接着说，"这是一个教训，你如今也当妈了，可要懂得怎样做才是母爱，千万不能把孩子揣在自己的兜里。"听着目不识丁的老妈说出这么深刻的育儿之道，很是佩服她向社会学习明辨是非的能力。

其实，当年我下乡那会儿，母亲并非懂得这些道理，更非有意让我去大风大浪里历练。她也怕孩子去农村遭罪，也想让我留城里工作，可大势所趋，她亦无能为力；加之孩子多，家里生活困难，走一个就少一份开销，便支持我和同学一块儿去了北大荒，结果我在那儿得到了上大学的机会，真可谓塞翁失马焉知非福。而秀儿妈，费尽心机，使出全身解数把女儿留在城里，结果"机关算尽太聪明，反误了卿卿性命"。这真应了那句老话，人算不如天算啊！

2016年8月25日发表于泰国《世界日报》湄南河副刊

蒲公英

回北京住了两个月,这可乐坏了院子里的杂草,撒着欢儿地萋萋生长,肆意妄为地四处蔓延,把规规矩矩的草坪踩在脚下,叶肥苗壮地抽穗、扬花、结果。微风中,杂草的花絮纷纷飘落,一串串草籽摇头晃脑,甚是得意。蒲公英不甘示弱,一面绽开黄色的小花与那些微小暗淡的草籽争芳斗艳;一面高高伸出毛茸茸的果实,让一朵朵雪白的冠毛随风起舞,犹如飞雪,让这不知冬天滋味的小院多了几许浪漫。

我把手里的草剪扔在地上,不忍心对这些好不容易得到机会表现的杂草下手,作为世间万物的一员,它们也有张扬的权利。就在我萌生恻隐之心、对杂草大发慈悲的时候,先生从房里出来,拿着一把巨型铁剪走到大门口,准备修理栅栏旁那几株枝繁叶茂的三叶梅,以便让门口的滑道畅通无阻。他看着我呆呆地站在那里,纳闷地问:"想什么呢?"我回答:"这里长了很多蒲公英,有很多绒球。"他有点儿生气,说:"你几岁了?"当时我真想告诉他:"我八岁。"因为那一刻,地上的蒲公英把我带回到1960年,作为一个二年级的小学生,我已经成了母亲支撑家务的得力助手。也就在那年春天,我和蒲公英结下不解之缘,并为丢失了一株开了花的蒲公英而伤心流泪,在自己幼小的心灵留下了一个悲凉的故事。

20世纪60年代初,中国发生了一场旷日持久的自然灾害,全国粮食严重短缺、物资极度匮乏,人们的生活苦不堪言。城里人的日常口粮、副食和蔬菜都是限量供给，饥饿和营养不良让我们那一代儿童过早经受了肉体和精神的磨砺与考验。孟子曰："天将降大任于斯人也，必先苦其心志，劳其筋骨，饿其体肤，空乏其身，行拂乱其所为，所以动心忍性，曾益其所不能。"我们这一代人可称得上名副其实的承担"大任"者，一生都在承受国家发展中被赋予的历史使命，悲喜交加。

记得那时候的粮食供给按月计算，家家都有购粮本和副食本，记载着家里的人数，每人的定量和购买时间。粮食定量标准是按年龄制定的，孩子的定量比大人少，可事实上正在发育身体的孩子吃得比大人多，因此，孩子多的人家不到月底粮袋就提前告罄，与下个月供粮的时间点脱节，母亲们称这种状况为"接不上顿儿"。为了充饥，她们的目光聚焦到那些长在荒无人烟的小树林和杂草丛生之地的野菜上，还有榆树钱（榆树的种子）、榆树叶，甚至榆树皮。记得离我们家不远有个叫小九站的地方了无人烟，我们院的孩子常被母亲们派遣去那里挖野菜。我就在那儿挖过苋菜、荠菜、马齿菜、灰菜、蒲公英等。

在这些野菜中我对蒲公英情有独钟，因为它的果实太好玩了，只要轻轻一口气，白白的绒球就立刻解体，无数个丝绒般的小伞飞上天空，自由自在，越飞越远，让人好不羡慕，真想变成其中一员，去千里之外开开眼，看看北京天安门，游游天堂苏杭二州，观观甲天下的桂林漓江，以及那些从书上看到过的无数美景。至于海外的名城美域，完全不在我当时认知的范围之内，自然也想不到中国有个友好邻邦——泰国，更想不到五十多年后，自己竟然飞来此地安享时光，生活在这没有冬天和冰雪的美丽夏都。

说回蒲公英。处于心爱,我怎么也不忍心挖它、吃它,宁肯饿着肚子,也要留下那些锯齿状的苗苗,等着它们长出绒球吹着玩,尤为期盼追逐那些漫无方向的飞絮嬉戏的快乐时刻。记得一次挖野菜,我在一片杂草中发现一株很大的蒲公英,开了十几朵花,真是令人欢喜若狂,心想,那可就是十几个绒球哇!我怕别人挖掉这株蒲公英,于是拔了一些草盖在蒲公英上,把它伪装起来,等着过几天再来吹飞它的果实。一星期后,当我满怀希望去看那株蒲公英时,呆住了:不但没看到绒球,连叶子和根都无影无踪了。我愣愣地看着盖在蒲公英上的那团晒干了的杂草,眼泪夺眶而出。五十多年过去了,很多往事都在脑海里消失,可那天丢失蒲公英的情景仍历历在目。我在那里站了很久,伤心极了,真想找到那个吃掉蒲公英的家伙,揍他一顿。

如今,眼前一地的蒲公英,心中却少了儿时的兴致,真可谓"沧海桑田难为水"。我蹲下来,小心翼翼地折下几株蒲公英绒球,放在嘴边,逐个吹了起来,重温童年的乐趣。看着柔丝般的小伞自由自在飘于空中,毫无方向地渐行渐远,我的心里涌出一种说不出来的愉悦,一种久违的原始快乐,无所欲,无所求。此刻,我的觉解随之降至低点,精神上退入人生境界的自然阶段,实实在在地过上了片刻"兴来则做,兴尽则止"的无所为而为之的时光。按哲学大师冯友兰在《兴趣与人生》一文中所说,这就是道家所追求的崇尚自然的理想生活。

就在我沉浸在童趣中愉悦无敦的时候,修剪完三叶梅的先生来到我跟前,拾起地上的草剪,一边剪一边用戏谑的口吻说:"返老还童了?带着一颗少女心,还玩得开心吗?""开心!"

我认真地回答,然后,弯腰拾起他剪掉的几株蒲公英,走出院子,把那几个绒球一一吹向天空,目送那些小绒伞越飞越远……

发表于2015年9月《泰华文学》第78期

妖异之美

泰国是盛产奇花异草的国度，许多在北京植物园温室里才能得见的世界珍奇品种，在这里随处可见，美不胜收。不过，最让我兴奋不已的是那些闻所未闻、见所未见的古怪植物竟也能在寻常百姓家的院子里觅到，实在令人兴奋不已，碧玉藤便是其一。

碧玉藤，又名翡翠葛，是一种生长在热带的观花藤蔓植物，有着强壮的缠绕茎，直径约达三厘米左右，可攀缘生长到二十多米。与其他木质藤本植物不同，其花形奇特，犹如一串串雕琢精美的翡翠小鸟悬挂在藤枝上；花色亦稀有，呈蓝绿色，泛着一种妖异的荧光；花质细腻、温润、晶莹剔透，可以与和田碧玉媲美。或许这也是花名的由来吧！忘不了第一次目睹其芳容的心情，我几乎不相信自己的眼睛，完全为眼前的植物惊艳叹止。

那是去年春节，我和先生受泰国朋友之邀，去他们在泰国东北部考艾别墅度假，在那里有幸见识了碧玉藤。说来也是缘分，若不是赶上它的花期，我尚不会有这个眼福。朋友的别墅很大，准确地说，这是一座正在建设中的庄园，房子周围一千平方米左右的草坪上，散布着各种花卉，错落有致、五彩缤纷、生机盎然，尚有四千多平方米的土地尚待开发。很难想象，也想象不出，下次再来这里将是怎样的美丽壮观。

碧玉藤爬满院子大门通向别墅正门的棚架，在火辣辣的橘红色爆竹花陪伴下悠然伸展着枝蔓，两串蓝绿色的巨大花串在鲜艳的爆竹花簇拥下，从棚架上自然垂下，一米多长，悠悠荡荡，一串盛开，一串含苞待放。盛开的那串犹如一件巨型玉雕，端庄典雅，无数朵蓝绿色的龙骨瓣，一朵挨着一朵，围绕着花轴，一层层地向上翘起，呈鹦鹉喙状，有的张开小口，露出蚕豆状花心，犹如鹦鹉歌唱时拱起的舌头，动感十足，惟妙惟肖，活像一群叽叽喳喳的小鸟儿振翅欲飞一般，好不热闹。含苞待放那串则静如处子，一张张小嘴紧紧地贴在花轴上，就像一窝窝的雏鸟等着母亲觅食回来喂它们一样。其中，有一朵急不可耐的花瓣伸出头来，小嘴微微张开，格外显眼，就像一只淘气的小鹦鹉，挣着飞出巢穴抢食吃似的。不由惊叹动植物间真的息息相通，不仅长得相像，连脾气秉性也如出一辙，妙不可言。

我下意识地摸了摸戴在腕上的碧玉镯，叹息这种被人类酷爱的玉石在碧玉藤前黯然失色。首先，在岩层中开采的山料，很难找到体积这么大、颜色这么均匀、整体质感这么温润无瑕的璞玉；经过河水长期漂流冲刷而成的籽料，虽然色泽可得，质感也如凝脂，但体积都太小；其次，"玉不琢，不成器"，无论是山料还是籽料都要经过技艺高超的雕工，精雕细刻才能成为精美的艺术品；第三，再好的璞玉，也只能被打磨成一种姿态，千古不变地陈列于展示柜里，被人们观赏。而盛开时节的碧玉藤，风姿绰约，千变万化，花体随着一朵朵蓓蕾的成熟和绽开，由细变粗，花型由简单变复杂，色调也由低至高，变化无穷，从花蕾期的深绿，到含苞待放的灰绿、青绿，直到盛开的蓝绿、薄荷绿，所呈现出的那种灵动和丰艳，摄人心魄。可见，人类的工匠再高明亦无法超越大自然的鬼斧神工。

回到曼谷，碧玉藤的风姿在我脑海里久久挥之不去，其花型和色彩之神奇驱使着我上网寻找它的花语，想看看灵性专家会赋予美妙的碧玉藤怎样的寓意。搜索半晌，除了简单的基本信息，只有碧玉藤花的美丽图片。我失望之时，发现一位网友上传的《古怪植物大战万圣节》的PPT，其中有看上去像章鱼腐尸的黑蝙蝠花、巨大散发着僵尸臭味的泰坦魔芋花、酷似骷髅的金鱼草花种子荚，还有被称作"魔鬼指甲"的碧玉藤。这种提法，让我不得不重新审视自己对碧玉藤的印象。细想，那酷似鸟喙的花瓣确也像指甲，与西方万圣节扮演魔鬼的假指甲一样，尖尖的，弯弯的，聚在一起，若不是色彩如此亮丽，一定很恐怖。思来想去，这又何尝不是一种殊途同归——不管是碧玉、翡翠，还是魔鬼，无不在形容碧玉藤花的惊艳和特立独行，只不过"魔鬼的指甲"比碧玉藤或翡翠葛更突出花朵的奇特和那种诡谲的勾魂之感，就像人们称那些颠倒众生的美女为"狐精"一样。

碧玉藤之美让我想到唐朝诗人李山甫所写牡丹诗中的一句，"数苞仙艳火中出，一片异香天上来。"如果改成"数苞仙艳水中出，串串碧玉天上来"，送给碧玉藤花再合适不过了。

2016年1月21日发表于泰国《世界日报》湄南河副刊

神奇的饺子

元旦将至，跟几位老乡打了招呼，一起来我家过节。他们异口同声地表示要吃饺子，且声明要自己动手一起包。显然，众人此时关注的已不再是故乡的美食，而是家里过年的那种气氛。看着他们兴奋不已的样子，我能感到他们心里涌动的乡愁正在胸中激荡、发酵。

过年吃饺子，作为中国的一种习俗已有上千年历史。饺子外形可人、味道鲜美，更承载着华夏民族珍爱亲情、吉祥如意的思想文化。传说在我们祖先懂得天干地支、甲子记年后，就认知到半夜是前一天的结束、后一天的开始，即"交子之时"。而除夕的午夜，是新旧两年"交子正时"，是新的一年"元月、元日、元时"的开始，一年一度的吉祥之时，并赋予其"三元开泰"之美名。此时，中华大地欢腾雀跃，鞭炮齐鸣，烟花绽开；家家户户张灯结彩，送旧迎新，热闹非凡；男女老少喜气洋洋，祭祖敬天，团团圆圆，围坐一起吃饺子（谐音"交子"），期盼新的一年风调雨顺、生意兴隆、学业有成、仕途坦荡，期盼新的一年父母健康长寿，亲人幸福吉祥……也许正是这个缘故，民间才有了"穷过年，富过年，不吃饺子就没过年"的俗语，才有了现在中国每年波澜壮阔的春节大迁徙，才有了旅居海外的中国人念念不忘的饺子情结。

当然，饺子绝非浪得虚名，它那激发味蕾的功能实在强大，不然也不会赢得"中华第一美食"的殊荣，就像日本的生鱼片、泰国的冬阴功汤，几乎成了一个国度的文化名片。记得小时候，爷爷家有一个小园子，种了一片韭菜，每茬韭菜丰收之时，就是家里改善生活之日。当散发着韭菜清香的水饺热腾腾地被摆上餐桌时，我总能听到爷爷重复那句关于饺子的至理名言："舒服不如躺着，好吃不如饺子！"直到如今，爷爷吃饺子时那美滋滋的样子仍记忆犹新。这一幕让我感到彼时中国老百姓对美好生活的向往是多么质朴，多么简单——能舒舒服服地躺一会儿，能吃上一顿美味的饺子，就其乐无穷，心满意足了。现在，国家经济发展了，物资丰富了，饺子不再是餐桌上独领风骚的珍馐佳肴，但人们对它仍情有独钟。无论是"不吃饺子就没过年"的俗语，年夜饺子要包成"元宝状"的心态，还是"送客饺子迎客面"的礼仪，饺子承载的文化仍是其他任何美食都无法取代的。尤其对侨居海外的国人来说，饺子承载得更多，远超传统饮食文化理解的范畴。一种"根的情愫"和饺子一起在这些人的胸臆中徘徊，只要记忆还在，饺子的味道就会令他们感到祖国、家乡和亲人从未远离过自己。

我喜欢吃饺子，曾经因曼谷的中餐馆太少，且离家太远而烦恼过，更因买不到合适的食材和佐料，做不出家乡味道的饺子而沮丧过。记得第一次用泰国食材包的饺子，一出锅，皮就变得晶莹剔透，硬得难嚼，馅儿里的肉也很硬，与菜泥格格不入，咬一口馅儿就散落一碗。还好，先生牙口尚好，边使劲嚼着饺子边安慰我说："没事！可以吃。味道还可以。"我听了，几乎要哭出来，真不知道怎么会这样。我不明白在泰国这块土地上出生的子民个个温和谦恭，而出产的面粉和猪肉为何如此倔强而任性！

此后，我很长时间没敢再包饺子，因为没搞清楚问题究竟出在哪儿。直到有一天，我发现泰国的很多食品纯度都比中国高，才豁然开朗：并非泰国的猪肉天生硬朗，而是没有掺假，水的含量低，因此不能照搬国内肉馅的调制办法。于是，我再次买来肉馅，反复往里加水，随之用筷子用力搅拌，直到肉馅成糊状方才罢休。而饺子皮硬的问题经过反复实践也摸索出一些规律，技术问题基本解决了。果然，我包的饺子越来越好吃，种类也开始多起来，其中韭菜盒子、萝卜馅蒸饺成了先生的最爱。

更让我欣慰的是，我包的饺子成了在曼谷待友饷客的招牌美食，无论国内来的亲朋好友，还是泰国本地新友邻居，都喜欢我做的水饺。其评价只有一个字——香！去年我的家人一行十人来曼谷旅游，吃到我包的饺子都说："好吃，泰国味的饺子真不赖！"而泰国朋友吃了则说："饺子不愧是中华第一美食，太好吃了！"如今，我包的饺子倍受几位泰国友人的青睐。每次请他们来家里做客，都少不了饺子登场，而且他们还希望把剩下的打包带走。因此，每次请泰国朋友来家里做客时，我都要预先包些饺子，煮好放到餐盒里，等他们走时带给他们的家人。若是他们请我们去家里做客，我也不必为拿什么礼物发愁，包两盒饺子带上就齐活了。

有点意想不到，我包的饺子又多一份功能——礼仪的使者。它让泰国朋友在领略中华第一美食的同时，还感受到了中国人的情和义。

发表于2015年3月9日泰国《世界日报》湄南河副刊

谈"美"三则

"美女"变迁

众所周知,泰国的人妖漂亮,岂不知泰国的女人也漂亮,只是因为人妖因通过男人变性所致,而抢了"泰国美人"的头彩。若是不信,请到曼谷来,伫立街头,放眼望去,包你满目美女,应接不暇。

泰式美女最突出的特点是,不论老少都喜化妆,而且是有点浓妆的那种,但你并不会感到矫揉造作之气,反而觉得她们美得悠然,活得自在。或许,是她们有美丽王后做榜样。这也是为何每当看到街头悬挂的诗丽吉·吉滴耶功王后不同时期的玉照,我就感慨万千的原因。这位国母亭亭玉立于这个国家的城市街头,不辞辛苦地为泰国妇女示范——如何做一个优雅漂亮女人。

相比之下,中国女人活得很累,于美丽之路上跌跌撞撞,走得坎坷而漫长。她们的"爱美"曾经那么的艰难,那么的不可思议。回望20世纪70年代,"美丽""美女"在中国都是禁词,不屑说化妆打扮,就连长得美一点儿都是一种原罪,人们甚至对"美"这个字充满恐惧。记得我上中学时,班上有一个女生天生丽质、文采超群,货真价实的秀外慧中。放当下,绝对是当仁不让的校花,可以骄傲地将庞大的裙下之臣甩在身后。可彼时的她竟因为自己一张盘着发辫的玉照被照相馆陈列在对外橱窗中，而受到指责，被说成"不像学生，活脱脱一位资产阶级小姐"，人们甚至怀疑其思想从小就被玷污了。老师勒令其家长去照相馆撤出那张照片。此事害得她很长时间内抬不起头，很多同学甚至不敢和她交友，怕被视为立场不稳，受到牵连。尽管这样，并没有折煞她的美丽，学校还是有几个不怕死的男生偷偷给她写信。为表现自己的清白和纯洁，她总是乖乖地把信交给班主任。四十年后，当我们同学聚到一起谈及此事，她对此举深感自责。由于她的"告发"，害得那几个男生不仅受到老师的严厉批评，还落得"思想不健康"的罪名。可我深知她的难处，完全能想象得出那位政教主任找她谈话时语声语调的变化和上纲上线的言辞。一个花季少女，在那么大的思想压力下，能独自挺过来实属不易，哪还有能力保护他人？如今看来，那几个"小情种"飞蛾扑火般甘为心动奋不顾身，虽可歌可泣，却也尽显幼稚。

20世纪六七十年代，中国青年女性的穿衣打扮模式被固化成"无产阶级"和"资产阶级"两种，犹如当时电影里女性人物的装束所示：凡是侯府千金、贵妇无不烫着卷发，衣着靓丽，珠光宝气，举止高雅；革命工作者大都短发齐耳，衣着朴素，色彩单一，动作略显机械。如果看到哪个革命女性顾盼生辉，那一定是打入敌人内部的地下工作者。言外之意，美丽、时尚是贵族的专利，人们对这种美的欣赏只能意会不可言传，更不主张效仿，否则就会被视为思想堕落，贪慕虚荣。

"文革"时期，美女的标准相对清晰起来。八个革命样板戏中的女主角风采确定了时代美女的基调。由于特别注重内在革命精神的宣传，所以她们个个不爱红装爱武装。这类美女生得黑里透红、孔武有力；穿着简单、朴实无华。这样的宣传下，无论城乡，不分男女，一片灰蓝的海洋，绝无人敢穿靓丽时装上街招摇，当然那时候也根本买不到此类服装，更看不到女性身材的柔美线条。姑娘们都有意无意穿着不合身的肥大外套，只为让丰满的胸脯显得低调一些，否则也会招来非议。记得我在兵团时就碰到这样的现役干部，他们嘴上鼓励女知青做"铁姑娘"，可划拉到自己身边工作的都是天生丽质者。其中，有一位美女后来被某电影制片厂看中，差一点作为女一号被招走。我的影集里就有一张她的全身照，宽大裤子的膝盖处两块深色大补丁，格外显眼。或许，这就是她掩饰美丽的方式——让人首先关注那条裤子，而非那张酷似秦怡的花容。据说，她把照片寄给父母后，很快收到家中邮包——两条崭新的裤子，母亲还以为孩子没裤子穿了呢！岂不知，这是女儿特意为那个"美女不美的年代"拍下的一张特写。

  时代变了，美的概念、形式和内涵也统统得到解放，人们可以自由理解、大胆表现。继而，支持各种美女需要的化妆品市场、服饰市场、首饰市场、美容美发市场如雨后初春笋般欣欣向荣，蓬勃发展。化腐朽为神奇的海量化妆品、时装、珠宝广告通过媒体，铺天盖地地涌入人们的生活，引领着一个又一个时尚潮流。新的潮流让现代美女的维度不断扩大，美的形式更加多元化。然而，太多的美女让人眼花缭乱，甚至让人迷惑不解。我常不解那些身着奇装异服和过分浓妆的女性美从何来，更疑惑是因自己老了，才跟不上形势。于是，上网搜索"美"的新定义。定义仍还是那个定义，倒是看到了各种"时尚"和"新潮"的解释，却无论如何不能将这两个词和"美女"画等号。

时代更新,经济发展,科学进步,日子越过越好,可"美"的定义始终没变,还是德国古典哲学家康德在《逻辑学讲义》中给出的,也是最权威的:从里到外的一种令人愉快的感觉。那么,"美女"的定义还要重新诠释吗?

发表于 2015 年 7 月 5 日《泰华文学》第 75 期

"美女"盛行

当今,"美女"一词格外盛行,盛行到作为对女人的一种尊称,什么美女作家、美女记者、美女经理、美女老板、美女电工、美女保姆等等,不分年龄、职业和阶层,只要身为女性,都有被称作"美女"的机会。在网上,我看到这么一个观点:"美女"本来是一个神圣而尊贵的词,现如今被青年人如此挥霍,是对这个词的诋毁,也是对那些本来不漂亮,却被冠以"美女"之人的不敬。细数中国悠悠五千年的历史,能称得上美女的没几个,耳熟能详的也不过西施、王昭君、貂蝉、杨玉环等人。可进入 21 世纪,中国人口达到了 13 亿 6000 万,其中 6.6 亿女性,个个皆可称为"美女",这个变迁不能不让人诧异。即便现代美女概念与古代美女标准有很大不同,也不至发展到毫无底线和节操的程度吧。

我赞同这种观点,古今中外,美女都是稀缺的人力资源,否则就不会有"烽火戏诸侯""冲冠一怒为红颜"的典故,"窈窕淑女,君子好逑"的绝句,也不会有奥黛丽·赫本、伊丽莎白·泰勒、玛丽莲·梦露这样的经典面孔永留史册。丘吉尔曾在公共场合遇到费雯·丽，并目不转睛看着对方，出了神。他的手下提醒他："首相，您完全可以上前会见她呀！"丘吉尔这才醒过神来，说："不，欣赏上帝的艺术品，需要保持距离。"这才是真正的美女，作为上帝杰作的存在，只可远观。

既然是稀缺资源，"美女"二字就不能滥用，可现如今中国的"美女"已经有了"泛滥之势"。追根溯源，这种突变主要来自三个方面。首先，这源自女性的原始心理诉求。爱美之心人皆有之，听到被唤作"美女"，无关真伪，先暗爽不已。其次，市场经济环境下，"美女"作为商场上一种恭维女性的称谓十分奏效。据说，很多男性决策者都愿意和女老板做生意，几声"美女"就能把合同搞定。这话有演绎的成分，却仍具有一定的可行性。可见，"美女"之风盛行是商人得利、女人得意的互利结果。第三，整个社会对"美丽"的饥渴心态。中国曾经历漫长的特殊时期，曾一度谈"美"色变，这种压抑带来了更加强烈的反作用力，当思想得到解放，人们对"美"的顶礼膜拜几乎是报复性的疯狂。人们热切地、不遗余力地歌颂"美"，宣传"美"，缔造"美"，仿佛在补偿曾经错过的美好时光。

正因如此，比之别的民族，国人对"美貌"有着更强烈的需求和自我认可。此外，漂亮的女性在事业、爱情方面的优势越来越明显，也让更多的青年女性热衷于修饰或重塑面容和身材。她们追求的不仅仅是"美女"二字的认可，更是一个前途远大的未来。

2015年3月4日发表于泰国《世界日报》湄南河副刊

"美女"极品

最近，媒体频频报道，我国因整容失败的官司越来越多，并有数据显示，十年间，平均每年有二百多万人整容，其中有两万多张脸被毁。这个数字让我震惊不已，脑海里盘亘着四个大字——物极必反。

四十年前，国人的爱美天性被囚禁在特殊历史环境下的桎梏内，女人想美不敢美，涂脂抹粉是个禁区，连带着"美女"都成了禁词；如今，人们的思想自由放飞，追求美丽成为时尚，只要有钱有胆有野心，"美女"一词不再是空缺来风。社会为容貌佳者提供了太多上升的机会，比如现在比比皆是、由头众多的各种选秀。

"选秀"一词原用作古时专为皇帝挑选后妃的一种形式，如今有了新阐释，成为让青年人一夜成名，走红大江南北的选拔机制。媒体、商家无不热衷选秀，不仅赚足眼球，更是赚得钵满盆满。选手也是受益者，从路人甲乙一下子成了"全民偶像"，名利双收。怎奈，山外青山楼外楼，没有"最美"，只有"更美"。因此，很多天生丽质者不满足于爹妈给的有限姿容，她们要超越自己，冲击美女的极品目标，奋不顾身地冲进外科手术室，按照心目理想的美女形象重塑自己的瑕疵，以求变得无懈可击的，精益求精。至于术后效果、术中风险，则全然不顾。否则，十年间怎会多出二十万张破碎的脸，更有人为此付出了生命代价。

诚然，整容手术对于那些有生理残疾和缺陷的人来说是一个福音，他们通过此手段可以修正容貌，像正常人一样生活、工作，免于遭到社会的歧视。可如今，这种外科手术摇身一变成了改变命运的发动机，为那些长相欠佳却向往美貌的人群提供了机会。他们想当然地以为，一旦化身"美女""俊男"就有十足的把握赢得锦绣前程和花好月圆。据报道，近年大四女生接受整容的人数呈几何倍递增，她们都想在毕业前改变容貌，为就业面试增加一分自信。不能不说，这是一种理性的人力资本投资。而对于那些已经很美却欲求不满者，妄图通过"加工手术"在容貌攀比中脱颖而出的举止只能说是投入了一场财力的比拼。

自然，极品美女带来的"殊荣"充满了极大的诱惑力，但付出的代价也蔚为奇观。"中国第一人造美女"大名鼎鼎的郝璐璐耗资三十余万元投入"造美工程"，耗时近两百天，全身挨刀几十处，绝非常人所能承受。最近，媒体的一则题为《美容整形进入返修高峰期》的报道，让我为"人造美女"又捏了一把汗。文中提到：十多年前隆胸、装下巴、填额头的注入材料都到了使用年限，割的双眼皮也随着皮肤的松弛变成了疤瘌眼，这些修复手术难度都很大，根本无法恢复到整形前的形象。据中国医学科学院整形外科医院陈焕然博士说，"近年来所进行的手术中，有近一半是整形修复。"这恐怕也是"机关算尽太聪明，反误了卿卿的性命"的生动写照吧！

中国传统文化倡导中庸，凡事有度，过犹不及。追求美也一样，美过了头，势必走向反面。愿那些在"人造美女"路上前赴后继的女性们冷静下来，认真地审视自己，除了美貌，还需要些什么？还应该做些什么？

2015年3月5日发表于泰国《世界日报》湄南河副刊

火针仙子

《黄帝内经》中记载着一门古老而神奇的医术——火针疗法。用现代语言描述：集针灸中针法和灸法于一体，是机械能与热能的天作之合，可谓传统中医疗法之一绝。令人叹惋的是，这门技术如今濒临失传之险，掌握它的大夫凤毛麟角，能针到病除者更微乎其微。我要说的"火针仙子"就是一位在传承"贺氏火针技术"道路上刻苦钻研、勇于探索、不断创新的专家，全国首届杰出女中医师——程凤宽。

看到"仙子"二字，读者必会料想这位女中医该是何等聪慧美丽、大慈大悲、悬壶济世。第一次听闻此美誉时，我眼前就浮现出"八仙过海"中何仙姑的袅袅倩影，其手中的荷花瞬间变成一根燃烧的毫针，金光闪闪，犹如神器。直至亲眼所见这位女中医的神奇"法力"，亲身感受其精湛医术和高尚品格，才发自内心惊叹道：火针仙子，名不虚传！

说来和程教授也算有缘，其姐是我的闺蜜。当她看到我因静脉曲张加重奔走于京城各大医院，诊治效果不佳时，便介绍我去程大夫处，试试中医疗法。我即刻登上火车赴保定市第一中心医院，寻到康复科主任程凤宽教授。途中，我亦上网查了她的资料，收获颇丰，仅头衔就不胜枚举：全国经络诊治委员会委员、河北省针灸学会经络委员会副主任委员、保定市第三届针灸学会副理事长等，其中有一个报道引起我格外的注意——《全国杰出中医师程凤宽教授喜收弟子》，并从该报道发布的照片里识得了程大夫的真容。

敲响康复科的大门，应门而出的是一个学生模样的年轻大夫，笑容满面，不乏稚气。我一眼就认出，这是程教授的新徒——北京中医药大学应届毕业生，王冠璎。路上，我已看过她们师徒的相关报道和照片。这是一个背景颇丰的高徒，其外曾祖父系京城针灸名医牛泽华，祖父辈有国医大师贺普仁。当时，我还疑惑，一个赫赫有名的针灸世家之后近水楼台，为何偏要投师于程教授门下？后知，程凤宽是贺普仁大师最为推崇的弟子，"贺氏火针"疗法的优秀传承人。正是贺老的长女——当代针灸名医贺书元亲自前往保定，力求程教授收下冠璎，以便孩子更好地传承贺氏针法，并在拜师会上致辞祝贺。贺家的信任不仅令程教授深为感动，更让她认识到作为贺氏针法传承人的责任和使命。

冠璎热情地把我让进门，轻声说："程老师在看病，请稍等。"并安排我坐下，随后，递上一杯茶。此刻，我发现室内有六七个医生围着一个床上的病人。程教授正一手执火，一手拿针，向大夫们讲解着什么。说时迟，那时快，只见话音刚落，她的右手闪电般在左手的火球和病人背部穴位间交错闪动，还没等我看清楚治疗已经结束。随后，她吩咐助手于行针部位拔罐，接着，拿起助手递过的注射器，在患者的颈部穴位进行注射，并和蔼可亲地对病人说："别再吃西药了，对肾不好。"真是百闻不如一见，其德技双馨、倾情行医的仙子风范令人心折，不由肃然起敬。

就在我目瞪口呆之时，程大夫走过来，笑容可掬地说："纪姐，欢迎你！我姐已经说了你的情况。"随后，热情地与我握手,向我介绍室内各位医生。原来,刚才一幕是她进行的一次穴位注射配合火针治疗过敏症的观摩教学。她拉着我的手亲切地对大家说:"这是我姐的北大荒战友,从北京来。"此刻,一股暖流自我心底涌出。

观摩的大夫走了。程教授开始询问病情,查看了我的双腿,"比我预想的强多了,上床吧!"我躺在床上,她安慰我:"别紧张,中医的理论是通则不痛、痛则不通。你腿上的静脉长期瘀血就会造成酸痛和发热,可用改良式'贺氏强通法'治疗,既能吐故纳新,又安全可靠。"说着,她亲自动手为我排除瘀血,并在腿上几个穴位行针,活血通络。我顿时感到腿脚一阵久违的轻松。施疗过程中,我向程教授述说自己肠胃寒冷、消化不良、大便不畅之苦。她立刻吩咐助手准备火针治疗。助手为我腹部消了毒,她接过燃火器械和毫针。我无法看到烧红的毫针是如何刺进我的体肤,只能仔细体会,奇怪的是,并无灼烧之痛,转眼之间治疗已然结束。更令我难以置信的是,当助理医生在针口处拔罐时,我的腹部居然感到一缕暖意在回荡,这是几十年来可望而不可即的感觉。

多年来,我每晚都要用盐袋子热敷胃部二十分钟,却从未有过此般感受;近几个月,又开始去做灸床,每次半小时,大汗淋漓,也从未有过这种感受。程大夫解释说:"火属阳,借助针把上千度的热能输入体内,振奋你的阳气,既可散阴寒,又能温脾胃。对脾胃虚寒所致的脘腹闷胀、冷痛、泄泻,具有独特的疗效。"几分钟后,助理医生为我起罐时告之,从针眼里流出不少液体。我想,这或许就是折磨我几十年的寒邪吧!

那天中午,程教授像招待亲人一样,请我吃了保定特产——驴肉火烧。那并非我所吃过最美味的东西,却是最对我胃口的一餐,多少年了,无从记起,我的胃那么舒服,那么想吃东西。做梦也没有想到,方寸间,一枚细针就驱走了折磨我几十年的病患,真可谓四两拨千斤,太神奇了!

吃着香喷喷的火烧,我由衷致谢:"谢谢你,程大夫。"

"哪里话,纪姐。你是我姐的好朋友,也是我的,别客气。"她笑着回答,神情很像闺蜜。

"你是怎么练就这身本事的?"我动容地问。

"我很幸运,有个中医造诣极深的父亲。小时候赶上'文革',在其他同学只能在学校读语录时,我已经看《黄帝内经》了。彼时,父亲既是我的基础课老师,又是我的专业课教授。"她的话音很低,却充满张力。说着,她抬起脸朝我微微翘了翘嘴角,双眸透着深邃而坚韧的目光。接着,她讲述了自己艰辛的求学生涯。

程教授的童年和少年都是在农村度过的。"文革"中,由于出身问题她初二就被迫辍学,家里那些已经被翻得毛了边的中医书便成了唯一读物。许是命里就与中医有缘,小小年纪竟然对书中描述的医道产生了浓厚的兴趣,繁重的农活之余,她孜孜不倦,废寝忘食,还不时地向父亲提出一些惊人的问题。其父心中暗喜,觉得自己的医术后继有人。

十六岁那年,凤宽随父亲来到保定,在医院的针灸科谋到一个学员职位。在接受了短短八个月的专业培训后,便开始了她的从医生涯。彼时社会以阶级斗争为纲,整日批判"白专"道路,可治病还是要靠实实在在的医术和经验。非常时期,为了尽快掌握针灸技术，提高治病救人的医术，她只有自学成才，好在有父亲这位老师随时点化。每当夜幕降临，她就在父亲的指导下阅读中医古籍，练习针灸技术，直到深夜。经常是父亲给凤宽行针，让她借此体会患者接受治疗时的感觉和效果，然后，女儿再在父亲上身上练习扎针。

说到这段经历，凤宽眼里闪出泪花。能够想象，那是一段何等艰辛的历程。很快，她又兴奋起来，说："古话说'严师出高徒'，正是父亲的严教，我才有今天。记得一年春天，我想周末去北京玩，父亲答应了，可提出了一个苛刻的要求，其间必须把《针灸十四经分寸歌诀》背诵下来。于是，我从登上火车到返程途中，都在反复背诵，牢牢地记下了针灸十二条经络的三百多个穴位，反而忘了自己都去了哪里。"

20世纪70年代初，医院的专家还关在牛棚里，又没有医学院的毕业生补充人力资源，凤宽感到自己肩上的担子重如泰山。那时，她每月只有十八元的学徒工资，其中一半投入在学习上。1978年，国家刚一改革开放，她便走进保定市业余医科大学，接受系统的医学教育，经过艰苦的四年西医大学课程学习，她以优异的成绩毕业。接着，她又马不停蹄地报考了河北中医学院的成人教育。尽管当时已为人母，女儿尚未断奶，倔强的她仍抱着孩子坚持复习功课。当收到录取通知时，她喜极而泣。功夫不负有心人，四年后，她又以优异的成绩完成了中医学业，获得第二张大学文凭，并被保定市教育局列为"自学成才"的典型。

不过，最让她感慨的还是后来投师于国医大师贺普仁门下，获得"贺氏火针疗法"真传的经历，那是其医道和医术的一个飞跃。

1980年，医院要选派人员到贺老所在的北京中医医院针灸科进修，凤宽在全院进修生考试中以第一名的成绩入选。来到这位久仰大名的国医大师身边，她感到自己迈进了针灸医术的圣殿。贺老在多年临床实践中创立的"三通法"（微通、温通、强通），让她对针灸技术理论和治疗策略的认识和理解更加深刻；而贺老诊治病人时的神态、气质、举手投足都让她感到知识洋溢的魅力。她仔细观察贺老的一言一行，敏锐地捕捉老先生诊脉、行针的每一个表情和细微动作，体会其含义，很快在众多学员中脱颖而出。此外，她在北京进修的一年里，每天都是第一个上班，最后一个下班。早上，当贺老走进诊室时，一杯热茶已放到他的桌上，诊疗流程中所需要的器械和准备工作，井井有条，从不含糊。凤宽的聪慧、勤劳和刻苦钻研的精神深得贺老的赏识。慢慢地，师徒的沟通从技术层面上升到医德和济世救人的人生目标。贺老无比欣慰，他又多了一个值得骄傲的弟子。

获得贺老的火针技术真传，凤宽如虎添翼。后来，她将其父的穴位注射疗法与贺氏三通法有效地结合起来，在临床上不断创新发展，所治国内外各种疑难病症患者不计其数，收获广大赞誉和肯定，令她的心灵得到极大满足。她说："作为医生，还有什么比看到患者解除病痛的笑容更幸福呢？！"

我敬佩地说："真了不起，在这个科学技术迅猛发展的网络时代，业内竞争如此残酷，你能保持与时俱进，始终走在中医技术领域的前沿，并且成果显赫，非常人所能，荣誉背后的艰辛也非常人能忍。"听到此话，她很感动，推心置腹地说：

"都说中医博大精深,实际上中医一直活在现代医学领域的夹缝里。我们这些中医大夫要想守住这块阵地,就必须要有超凡的技术,证明传统医学的价值所在。当然,还要有重视中医技术的领导,提供可以发挥的舞台。"她的话既让我震撼,又不乏忧伤。"其实,做个优秀的中医大夫,不完全是技术问题。"她接着说,"很多人都认为中医在衰落,仅作为西医的辅助治疗手段存在。我这里就常收治一些在西医那儿'头疼医头、脚痛医脚'后留下后遗症的患者,说是来康复,实则需要系统性治疗。"她没继续说下去,而是看了看手表,说:"姐,下午还有病人,我先走了,一会儿让冠璎送你去车站。"

看着她匆匆离去的背影,我感慨万千。多年来,中西医之争始终没停歇,其实谁也代替不了谁。这是两种不同思想体系下形成的医术,所以才有"西医治表,中医治本"的说法。随着科技社会的发展,西医已迈向电子医学、生物医学、纳米医学时代,而中医,这门充满哲学理论的医学研究与发展却远远落在后面,之所以尚存,就是还有一批像程教授这样的专家在拼搏,为了传承和发扬数千年来中华民族留给人类的医学遗产,默默地燃烧着自己。记得闺蜜对我说:"凤宽在经络研究方面走得越深,对古人传下来医术就越痴迷。她说,中医不是不科学,而是科学还没达到能解释中医的地步。她参加国际传统医药大会,进行专题演讲,就是要证明中华民族三千年医学技术和经验的沉淀是给人类健康留下的无价之宝。"

此刻,我想到获得诺贝尔医学奖的女科学家屠呦呦,其发现的青蒿素不就是中草药抗疟疾的研究成果吗?!我相信,只要那些像"火针仙子"程凤宽这样献身中医事业的专家和大夫们，坚持中医理论和学术的科研创新，在临床实践中解决更多患者的疾苦，一定还会有第二个、第三个屠呦呦站在诺贝尔科学奖的领奖台上。

2016年12月21日发表于泰国《世界日报》湄南河副刊

虚拟与现实

随着科技的发展,漂流的数码把人类带进了网络时代,不论电脑还是手机,只要连上网络,我们就进入了五光十色的"地球村"。

在那里,即使是远隔重洋的朋友,也会感到彼此近在咫尺。跨越时空的交流不再是神话和梦想,网上的各种即时通信软件都可以轻而易举地让我们与天涯海角的亲朋好友以视频、语音、文字的方式无所不谈。我们不能不赞叹现代科技为王勃的绝句"海内存知己,天涯若比邻"增加了质感,弥补了李之仪那"我住长江头,君住长江尾,日日思君不见君,共饮长江水"的惆怅和遗憾。这种既虚拟又现实的网络互动改变了人们的生活方式,颠覆了我们的传统观念,创造了一个崭新的人际交往平台。网络作为人类有史以来最给力的通信工具,成为现代人生活中不可或缺的组成部分。如今,离了网络不知道怎样生活的人比比皆是。

平时,我和亲朋好友的联系全赖网络平台,通过微信、QQ、Facebook 找到不少失散多年的老同学、老战友和老朋友。他们分布各地,有的甚至旅居海外多年。于是,在我的电脑或手机里,形成了一个个虚拟社区,同学群、战友群、海外群等包罗万象。在这些群里,大家犹如比邻而居,互致问候,随时沟通,传递图片,分享快乐与忧伤,往往是信息后面拖着一串串热情洋溢的跟帖和一个个滑稽可笑的表情,把虚拟的世界妆点得绚丽多彩,烟火味儿十足。信息时代尤为我们这些年过六旬,命运多舛,挨过饿、停过课、上过山、下过乡、当过兵、扛过枪,失过业、经过商,饱经风霜的暮年之人增添了一份乐趣、一份慰藉。

然而,网络就是网络,虚拟就是虚拟,无论这种网络沟通多么便捷,大家聊得多么火热,仍无法替代现实中朋友间实实在在的握手、结结实实的拥抱、痛痛快快的畅饮,以及相聚时,目光交汇、心照不宣的存在感。此外,网上逛久了,人们会被眼花缭乱的信息搞晕、搞乏,甚至会窒息,渴望到现实世界透透气,沐浴阳光,享受清风,品尝佳肴,和亲朋好友打闹一番。于是,网络里不时地发出各类朋友聚会的邀约,结伴去串友、去母校、去兵团、去旅游……而一次次欢聚后,休息了片刻的虚拟社区又活跃起来,感想、游记、照片、视频纷纷上传,激动场面反复再现,把久别重逢的幸福感无限放大和延长。虚拟世界中的各色表情包和跟帖此起彼伏,一波未平一波又起,千言万语无尽处,影像深处情自浓。

近年,中国老年人聚会蔚然成风,已经从城市为单位,发展到全国总动员,一年换一个地方,一次换一个主题,参与者将旅游观光和聚会有机结合起来,并有从国内发展到国外的趋势。据我所知,我的兵团战友们就已经实现了在北京、哈尔滨、上海、温州、杭州、北大荒的多地聚会计划,一部分人正在筹划来泰国的方案。其中有位战友,已经实践了跟同事在曼谷聚会的梦想。最近,她在网上发布了曼谷一行的游记,图文并茂,美不胜收,在微信朋友圈内掀起了一股不大不小的"曼谷热"。

我认真拜读赏阅了她写的曼谷游记和照片,其中关于"富贵黄金屋"和"四合镇水上市场"的文字深深吸引了我,同时也为自己的孤陋寡闻而羞愧。在曼谷生活四年了,这么有名的景点竟然没去过,更不知此两处是中国影视人极为青睐的外景地。

其中有关"富贵黄金屋"的文字中写道:"富贵黄金屋是泰国正大集团董事长谢国民花重金十四亿泰铢建造的一座私家庄园,其富丽堂皇和奢华不亲眼看见是无法想象的。它临海而建,格调气派,精工细琢的雕刻随处可见,五彩宝石镶嵌的艺术品多得让人惊诧……走出大厅,外面的花园五彩缤纷,两个金色狮子雕塑屹立在门外的园林中,一个喷泉点缀着精美的依海园林,在园林中回望,圆形的屋顶和屋内中式文化交融。这里是电视连续剧《流星花园》的拍摄地。"不言而喻,选这样的园林和建筑作为偶像剧《流星花园》中阔少道明寺的家是多么恰如其分。

"四合镇水乡"一文中如是描述:"一幢幢木雕风格的泰屋,围建于迂回的河道上而形成风情独特的水上人家。徘徊流连于河岸边,可以看到水道中央的只只行船,近岸边设铺摆摊叫卖的水上市场,期间,或有传统民俗舞蹈婉转笙歌,或见炊烟袅绕的食档扁舟烹饪着当地小吃……古色古香的泰式建筑,质朴的人文气息,让我们感受着曲曲弯弯的河道上具有独特风情的水上生活。这里的水上居民,住在泰式木屋中,泛舟水上,长年感受着水道蜿蜒曲折的无限魅力,难怪电影《杜拉拉升职记》在这里取景。当我把电影里的场景带到了实地旅途中时,感受到不一样的情景和味道。"

作为年度大热,电影《杜拉拉升职记》中很多曼谷掠影令观众着迷,尤其是湄南河那星光璀璨、灯火辉煌的夜景,芭提雅水上市场别致的水上人家,精美的泰式手工艺品和小吃都给观众留下深刻印象。难怪战友在来曼谷之前就和我强调,一定要去逛逛芭提雅四合镇的水上市场。从其游记中可以看出,她那种眼见为实的、落了地的兴奋和喜悦。

这里,忍不住转载另一位友人在看过"富贵黄金屋"后即兴创作的一首五言律诗,借以表达一个普通中国人对泰国著名华商——谢国民的崇敬之情:

正大谢国民,
泰国大老板。
富前做义工,
精心行慈善。
意外受人助,
投资把业建。
富贵黄金屋,
全仗辛苦钱。
富裕不忘恩,
百善孝为先。
敞开庄园门,
美德人人赞。

发表于2015年5月7日泰国《世界日报》湄南河副刊

爱你，我的精神家园

我喜欢泰国，喜欢这里清澈湛蓝的天空，喜欢这里五彩缤纷的色彩，喜欢这里崇尚佛教的文化，喜欢这里彬彬有礼的微笑服务。不过，作为一个久居此处的华人，我更喜欢这里寄托炎黄子孙乡土情怀的精神家园——泰国华文作家协会。

记得第一次在报上看到"泰国华文作家协会"这个名称时，不由心生疑惑，"华文文学"与"中国文学"有啥区别？上网搜索，答案是：各国各地的华文文学并不等同于或隶属于中国文学，而是既具有中华文化的特质，又具有各国各地特征的独特品种的汉语文学。尤其是看了杨匡汉先生撰写的《海外华文文学的若干基本概念》，方豁然开朗。然而，当我走进泰华作协发现，若不亲身投入到泰华文学的创作环境，不近距离接触那些年逾古稀的泰华文坛奠基者，亲耳聆听他们过番的故事以及在泰国创业的艰辛，了解他们的思想和心路历程，还真无法理解泰华文学那种文化母体"内"与"外"的联系，无法体会泰华文学作品之所以别于中国本土文学的形态，也不可能懂得泰华作家笔下那些涓涓流淌的兰章为何总是带着苦涩和充满佛教文化的奇思妙想。

感谢晶莹将我领上写作之路，更感谢他和杨玲女士介绍我加入泰华作协。作为一名泰华文坛新人，我为自己的文学作品被认可感到欣慰，更为泰国华文文学领域的权威专业组织接纳自己而倍感自豪，这是自打到泰国工作和生活以来最令人欢欣鼓舞的事情。一个文学爱好者，在异国他乡，拥有一个用母语写作和交流的专业平台，在释放写作情怀的同时，还能与这个平台上的各路笔友分享写作乐趣和心得，提升写作能力和水平，快乐至极！不过，最让我迷恋的还是泰华作家协会的文化氛围，犹如一个充满阳光和正能量的温馨之家。

第一次走进泰华作协，一种扑面而来的温暖让我甚感宾至如归。两位领导平易近人，无论是泰华作协永久名誉会长、泰斗——司马攻先生，还是在大陆、港澳台地区都颇有影响力的著名作家、泰华作协现任掌门人——梦莉女士，对待新会员都像见到远道而归的孩子般热情而亲切。

此前，我曾阅读过两位长者的作品，颇为敬仰，此番一睹尊容，更为惊叹。如此温文儒雅、和蔼可亲的司马攻先生，竟是20世纪60年代逆泰国社会排华风潮而上，不屈不挠坚持华文写作的文青。与其说他热爱写作，不如说他深爱华夏民族的文化。他不惧政治风险，像地下工作者一样用十几个笔名发表著作，这是何等的英雄气概！难怪他那么喜欢《箜篌引》，"公无渡河，公竟渡河。堕河而死，其奈公何"，那正是他为泰国华文文学视死如归般抗争的怒吼。好一个外柔内刚的泰华硬汉！

梦莉会长则更出乎我的意料，雍容华贵，风韵犹存，你几乎可以无限遐想她风华正茂时的音容笑貌。看着她端庄慈祥的外貌，怎么也看不出其作品总是充满了忧伤，就像她在《烟雨更添一段愁》一书中自序所述："我常常在痛苦中写作，文成之后，我并不觉得有些许的乐趣，往往倒有一种莫名的悲伤渗透了我的整个心灵。"这是一个内心多么强大的女性啊！正是这样两位可亲可敬的长辈,三十年来,率领泰华作协从一个高度走向另一个高度,成为国际华文文学领域不可多得的一朵奇葩。

泰华作协所在地位于曼谷市区华尔街写字楼第十九层,其秘书曾心先生,每日坐镇于此,打理日常事务,热情地接待前来此处的会员和客人。其笑容可掬的神态和低调沉稳的性格让我想到他的微小说《卖牛》中的"乃仑"——敦厚善良,菩萨低眉,爱牛如子。文如其人,他爱作协如家,会员们就是他的兄弟姐妹。也正是他的《卖牛》,让我第一次意识到微小说也可以写得如此精彩。而作为泰华作协副秘书的杨玲女士则让我大有似曾相识之感。她漂亮而不乏大气,豪爽而不失优雅,颇具我们关东妹子的气度。当我听到她与曾心先生商讨接待台湾一位著名作家来访事宜时,我更惊佩,除了善于案头写作,她还是一位擅长组织调度、快言快语、颇有魄力的实干家。真是幸会。

参加作协活动一年来,那种回家的感觉越来越强烈,好似来到一个其乐融融的四世同堂大家族。最令我感慨的是几位已步入耄耋之年的前辈,他们酷爱文学、思维敏捷、笔耕不辍,精神矍铄地走在文坛的最前沿,展现了泰华作家锲而不舍的精气神。

读到司马攻先生的诗集《听月》,立刻被其甘为文学献身的精神深深打动。仅诗集首页上那首幽默自嘲的自序小诗——《自作自受》就足以叩击读者的心灵:"一声声的劝说/'公无渡河'/我竟投身文学之河中/纵拔身不起也甘/自作自受。"

而岭南先生的诗作《八十回首》,则让我切肤体会到何为

"青春永驻"。并非他的诗句充满对青春时代的赞美和怀念，而是其率性而为、不落俗套的写诗风格征服人心。记得古罗马思想家塞捏卡曾说过："青春不是人生的一段时期，而是心灵的一种状况。"《八十回首》展现的正是他的青春状态："人老天涯／八十，还梦十八岁的梦／风过雪过的翅膀／还时时展翼／海阔天空／云白天蓝。"他心中那对充满活力的翅膀从未停歇过，始终翱翔在泰华文坛上空，即使他身体羸弱，常常缠绵病榻。

我深敬这些泰华作协元老，他们无不是用心和生命在写作。每字字珠玑，浸透着他们的心血，浓缩了他们的身影，留下了他们一段段坎坷的人生。他们心系中华，穷尽一生书写着"乡愁"二字。当我阅读林太深先生的散文《感觉大红袍》时，不仅被他的文采所折服，更感动于那跃然纸上的思乡情结和深刻的人生感悟。一个在海外漂流六十年的老人回到祖国，在观看了可与世界顶尖剧场演出媲美的大型山水实景剧《印象大红袍》后兴奋不已，由衷地为祖国骄傲。正如他文中所述："对比之下，我觉得：巴黎该两夜总会（"丽都"和"红磨坊"），流荡着肉香、胭脂香、香水混合着狐腋的味道。这种味道背后，藏有一种游戏人生的感觉；而武夷山的水间，飘逸着大红袍的芬芳，鸟语茶香，满室满园，给人以向上人生的力量，仿佛朱老夫子又在书斋课徒，那潺潺流水声，犹似学子们琅琅的读书声。"让读者着实感受到畅饮大红袍后缠绵口中的余香。

我喜欢这些泰华老作家的作品，更敬重他们的为人。他们热爱中国传统文化，苦苦坚守于华文文学阵地，用手中的笔弘扬和传播不朽的民族精神，在暹罗这块异乡土地播撒着华夏文明的良种，令其沐浴泰文化的阳光雨露，绽放出光彩夺目的中泰友谊之花，生生不息，结出"中泰一家亲"的累累果实。尽管，这功劳不能都归功于泰华作协，但泰华文学作品在中泰两国人民中那种潜移默化的影响力不可小觑。

尤令我折服的是，这些泰华作协元老不仅妙笔生花，文采飞扬，他们中的很多人还是泰国商界的成功人士，其职业操守高尚、赤子之心玉洁。无论他们当初怀着何种心情背井离乡，对母国的感情依然如故，尤其在功成名就后，总是想方设法为故土做点什么，就像梦莉女士在《中泰建交前赤子心》中所写："20世纪70年代初……当时中国的经济和社会处于危难之中，全球华人华裔时时关注着中国时局的发展，除焦虑担忧外，还积极想办法从经济上给予祖国帮助。"

梦莉女士的《共饮一杯友谊的醇酒》中描述，为了让中国船机产品走向世界，她忍辱负重，帮助中国厂商改进产品质量和性能，不遗余力地在泰国市场推销国货，最后，由她代理的中国齿轮箱最终占到泰国市场的70%。为此，她获得中国合作伙伴的极高赞誉和泰国总理授予的金盾奖，赞她拥有"牛的精神"，是泰国的"阿信"。而她觉得自己只是海外华人中的沧海一粟，正如她笔下所写："弘扬中华文化，搞好中泰贸易关系，是每一个海内外的炎黄子孙共同的愿望和执着的追求。为使中国产品在瞬息万变的市场中占一席位，我愿意继续当'牛'的角色。再辛苦我也甘愿。"

有人在研究中国与俄罗斯的经济改革和吸收外资的经验时发现，中国的成功在很大程度上得益于海外华人强有力的支持与参与，而俄罗斯则缺乏这样一批海外精英。说到底，这是中华传统文化与俄罗斯文化的根本差异。中国人习惯把那些远渡重洋的华侨比喻为"嫁出去的女儿"——走得再远,心里也永远惦记着母亲。这是俄罗斯人不能想象的,犹如莱蒙托夫的诗《祖国》里所写,"我爱祖国,但却用的是奇异的爱情",而不是母子般的亲情。读泰华作家的作品,最令我动容的恰恰就是这份拳拳赤子之爱。

我热爱泰华作协,还有一个重要因素,就是元老们那种生生不息、奋斗不止的孜孜笔耕和随流追梦、与时俱进的创新精神形成的强大凝聚力,能够不费吹灰之力就集结泰国几代游子和泰籍华人文学爱好者。他们以各种文学艺术形式弘扬龙的文化,抒发赤子情怀。三十年来,泰华作协出版的散文集、小说集、诗集不胜枚举,《泰华文学》已成为长寿期刊,还有《世界日报》的湄南河副刊更是当地华人的必读栏目。这些文学成果甘露般滋润着我们后来者的心灵,启迪我们的思想,荡涤我们的灵魂,是我们享用不完的精神食粮。

泰华作协,她是我在泰国生活的精神家园。作为这个家园的一分子,我要以自身在泰国生活的所见所闻和感受为创作素材,把生活在这块土地上的华人,及其优秀品格、励志故事和爱国情操作为写作方向,记录这批划时代泰国华人的万端情怀,为这个家园再添一抹新鲜的色彩。

发表于 2016 年 7 月 1 日《泰华文学》第 83 期

跋

从小喜欢文学，初三那年获得学校征文一等奖时倍受鼓舞，立志做个文字工作者。一路走来，阴差阳错，上了理工科大学，当了一辈子工程师。然而，心里对文学的热爱依旧，于是寄希望于女儿，自其六岁始便要求她每个周末写一篇作文。三十年后，她果真成了出色的文字工作者，也成了我文化生活的闺蜜和文学创作的引路人。

她的丰富藏书，让家成了滋养我文学生命的沃土；她的书评鉴赏成了我精读好书的指南，她的鼓励促使我退休提笔尝试创作；她的支持激励我自娱自乐地撰写这最美的人生。《曼谷的雪人》的正式出版就是我给女儿的一份回报。

不过，最应该感谢的还是泰国华人作家张晶宝先生，是他的赏识和推荐让我这两年的作品有机会在泰国《世界日报》和《泰华文学》刊物上发表。感谢他和泰国作家杨玲女士介绍我加入泰国华文作家协会，成为泰国华人文坛的新人。感谢接纳我的泰国华文作家协会，让客居异国他乡的我，拥有一个母语交流平台，在释放写作情怀的同时，还能与各路笔友切磋交流，提高写作能力和水平。

感谢当代世界出版社,感谢北京中尚图文化传播公司为出版我的文集所做的一切,使我有机会与国内的广大读者分享文学创作的甘甜。

在此,向所有支持过我的战友、朋友和读者致意!

2017年初春
纪淑琴